सविता सिह

सविता सिंह का जन्म फ़रवरी, 1962 को आरा बिहार में हुआ। उच्च अध्ययन दिल्ली विश्वविद्यालय से। मांट्रियाल (कनाडा) स्थित मैक्गिल विश्वविद्यालय में शोध व अध्यापन। 'भारत में आधुनिकता का विमर्श' उनके शोध का विषय रहा। सेंट स्टीफ़ेंस कॉलेज से अध्यापन आरम्भ करके डेढ़ दशक तक उन्होंने दिल्ली विश्वविद्यालय में पढ़ाया। वे अमेरिका के इंटरनेशनल हर्बर्ट मारक्यूस सोसायटी के निदेशक मंडल की सदस्य एवं को-चेयर हैं।

उनके प्रकाशित कविता-संग्रह हैं—'अपने जैसा जीवन', 'नींद थी और रात थी', 'स्वप्न समय', 'खोयी चीज़ों का शोक', 'वासना एक नदी का नाम है', 'प्रेम भी एक यातना है'। दो द्विभाषिक काव्य-संग्रह 'रोविंग टुगेदर' (अंग्रेज़ी-हिन्दी) तथा 'ज़ स्वी ला मेज़ों दे जेत्वाल' (फ्रेंच-हिन्दी)। उड़िया में 'जेयुर रास्ता मोरा निजारा' शीर्षक से संकलन प्रकाशित। अंग्रेज़ी में कवयित्रियों के अन्तर्राष्ट्रीय चयन 'सेवेन लीव्स, वन ऑटम' का सम्पादन जिसमें प्रतिनिधि कविताएँ शामिल। 'पचास कविताएँ : नई सदी के लिए' चयन शृंखला के तहत प्रतिनिधि कविताएँ प्रकाशित। 'प्रतिरोध का स्त्री-स्वर : समकालीन हिन्दी कविता' (सम्पादित)। ल फाउंडेशन मेज़ों देस साइंसेज़ ल दे'होम, पेरिस की पोस्ट-डॉक्टरल फ़ेलोशिप के तहत कृष्णा सोबती के 'मित्रो मरजानी' तथा 'ऐ लड़की' उपन्यासों पर काम प्रकाशित। राजनीतिक दर्शन के क्षेत्र में 'रियलिटी एंड इट्स डेप्थ : ए कन्वर्सेशन बिटवीन सविता सिंह एंड रॉय भास्कर' प्रकाशित। 'पोएट्री एट संगम' के अप्रैल 2021 अंक का अतिथि-सम्पादन। 'खोयी चीज़ों का शोक' के बांग्ला तथा मराठी अनुवाद प्रकाशित। 'प्रेम भी एक यातना है' का उड़िया अनुवाद प्रकाशित। कई विदेशी और भारतीय भाषाओं में कविताएँ अनूदित-प्रकाशित। हिन्दी अकादमी और रज़ा फ़ाउंडेशन के अलावा 'महादेवी वर्मा पुरस्कार', 'युनिस डि सूज़ा अवार्ड' तथा 'केदार सम्मान' से सम्मानित।

सम्प्रति इन्दिरा गांधी राष्ट्रीय मुक्त विश्वविद्यालय (इग्नू) में प्रोफ़ेसर, स्कूल ऑव जेंडर एंड डेवलपमेंट स्टडीज़ की संस्थापक निदेशक।

ई-मेल : savita.singh6@gmail.com

नींद थी और रात थी

सविता सिंह

राधाकृष्ण पेपरबैक्स

पहला पुस्तकालय संस्करण
राधाकृष्ण प्रकाशन प्राइवेट लिमिटेड द्वारा
2005 में प्रकाशित

राधाकृष्ण पेपरबैक्स में
पहला संस्करण : 2025

राधाकृष्ण पेपरबैक्स : उत्कृष्ट साहित्य के जनसुलभ संस्करण

राधाकृष्ण प्रकाशन प्राइवेट लिमिटेड
जी-17, जगतपुरी, दिल्ली-110 051
द्वारा प्रकाशित

शाखाएँ : अशोक राजपथ, साइंस कॉलेज के सामने, पटना-800 006
पहली मंजिल, दरबारी बिल्डिंग, महात्मा गांधी मार्ग, प्रयागराज-211 001
1, अनमोल सोराबजी संतुक लेन, धोबी तलाव, मरीन लाइंस, मुम्बई-400 002

वेबसाइट : www.radhakrishnaprakashan.com
ई-मेल : info@radhakrishnaprakashan.com

विकास कंप्यूटर एंड प्रिंटर्स
ट्रॉनिका सिटी-201 102
द्वारा मुद्रित

मूल्य : ₹ 250

NIND THI AUR RAAT THI
Poems by Savita Singh

ISBN : 978-93-49159-78-5

अप्रतिम पंकज सिंह के लिए

क्रम

नींद थी और रात थी

सुन्दर उदिता

गहरी काली रात सोयी है उदिता जैसी
खोले अपने कपड़े अपने बाल बिस्तर में अकेली
मन में है न उसके कोई उलझन
कोई विषाद या फिर चाह
सो चुकी है रात पूरी एक नींद
खोल चुकी है आँख
बाहर सुन्दर लाल गोला सूरज का निकल चुका है
बाँहों को हवा में ऊपर उठा लेती हुई सुखद एक अँगड़ाई
बदन को करती हुई सीधा
अपने कपड़े पहन रही है उदिता

सामने नीला आकाश बना है देखो
कितना बड़ा दर्पण देखने के लिए उसके
अपना यह सौन्दर्य

दर्पण सी हँसी

एक हँसी दर्पण सी अपने होठों पर रख ली थी उसने
जिसमें देवताओं ने देखे अपने दुख
जिसमें कितने ही तारे उतरे देखने अपने अँधेरे
एक फूल जिसमें अपना दर्द उड़ेल गया
एक औरत छोड़ गयी जिसमें अपनी नग्नता

उस हँसी पर बाद में देर तक चाँदनी बरसी
हवा घंटों उसे पोंछती रही
बारिश ने उसे धोने की अनेक कोशिशें कीं
लेकिन वह सभी कुछ जो उसमें संग्रहीत हुआ
ज्यों का त्यों संचित रहा

देवता अपनी कुरूपता पर फिर कभी
दुखी नहीं हुए
तारे नहीं हुए विचलित अपने सत्य से बाद में कभी
फूल मुर्झाया नहीं अपनी पीड़ा से उसके बाद
एक औरत लज्जित नहीं हुई अपनी देह से फिर

स्त्री सच है

चारों तरफ़ नींद है
प्यास है हर तरफ़
जागरण में भी
उधर भी जिधर स्वप्न जाग रहे हैं
जिधर समुद्र लहरा रहा है

दूर तक देख सकते हैं
समतल पथरीले मैदान हैं
प्राचीनतम-सा लगता विश्व का एक हिस्सा
और एक स्त्री है लाँघती हुई प्यास

जैसे मॉनसून की पहली हवा चली हो

जैसे मॉनसून की पहली हवा चली हो
पथरीले तपते मैदानों चट्टानों को सहलाती
हवा वाले बारिशों की शुरुआत के पहले दिन
जैसे शीतल सुख में तेज़ तेज़ नाचती है पृथ्वी
वैसे ही हो हमारा जीवन
इतनी ही इच्छा उतनी ही नम ऊष्मा हो
जिज्ञासा उतनी ही जानने की ख़ुद को
लिये आता है मौसम जितना वनस्पतियों तक

हलचल हो भीतर खनिजों में मेरे भी
पिघले जो दरकने के बावजूद पड़ा रहता है निश्चल
उगे मेरी आत्मा में अबाध मुक्ति
भीतर के हलचल से भर जाये बाहर का वातावरण
टूट जायें वे खतरनाक पुल सहिष्णुता के
जिनसे चलकर आती रही है अब तक
दासता की मूक स्वीकृति

पथरीले तपते मैदानों
चट्टानों को सहलाती
हवा वाले बारिशों की शुरुआत के पहले दिन
जैसे उल्लास में दौड़ती है पृथ्वीबद्ध हवाएँ
वैसे ही हो वेगमय हमारा जीवन

स्त्री होने का संकट

किस दौर में आ गयी हूँ
पीले से लाल हो रहे मेपल के पत्तों की तरह आश्वस्त
समझती सुन्दर किसी इंतज़ार को भीतर ही भीतर
समझती सारी इच्छाओं आकांक्षाओं की महीन बुनावट को
उसके हर ढंग को पहचानती
चुनने के लिए कोई एक नहीं मगर बाध्य
फैसला किये हुए
अब न जीतने की कोई इच्छा है
न हारने का भय
बस ख़ुद को पाने की उत्कंठा है

यह सब कर लेने का संकट ही मगर
स्त्री होने का संकट है
जो हर सपने का हो गया है

अद्वितीय नाच

एक अद्वितीय दृश्य था वह
एक औरत अपनी जगह द्रुत गति से गोल-गोल घूम रही थी
जैसे यह उसका अपना कोई विशेष नृत्य हो
उसके शरीर से लगातार कुछ झर रहा था
शायद वे मान्यताएँ जिनसे वह निर्मित हुई थी

मेरे देखते-देखते उसके नृत्य की गति तीव्र होने लगी थी
मुझे भय-सा होने लगा था कहीं तेज़ नाचती हुई यह औरत
समाप्त न हो जाये
परिवर्तित न हो जाये किसी और चीज़ में
वाष्प बन उड़ न जाये विलीन न हो जाये वातावरण में
लेकिन वह बची रही
बची रही हैं जैसे औरतें सदियों से

उसके पाँव थके नहीं थे
चेहरे पर एक नयी आभा थी बल्कि
लगता था जैसे इस नाच के साथ वह नयी होती गयी हो
उसकी आत्मा ने गिरा दी हो
सदियों पुरानी जीर्ण-शीर्ण अपनी काया
जैसे यह नाच न हो कोई ऐतिहासिक मंथन हो प्रकृति का
उभरी हो जिससे उसकी अपनी कोई विशिष्ट रचना

औरत नाच रही थी या कि प्रकृति स्वयं
पाँव थकने का नाम नहीं ले रहे थे
और मैं यह सब देख रही थी हतप्रभ अकेली
भ्रमों के सुनहरे पंख गिरा कर

नीला संसार

अभी थोड़ा अँधेरा है
भाषा में भी सन्नाटा है अभी
अभी बिखरे पड़े हैं रेशम के सारे धागे
सपनों के नीले संसार में ऐंठे
अभी कुछ भी व्यवस्थित नहीं
कविता भी नहीं

मैं चल रही हूँ लेकिन इसी अँधेरे में
जागी चुपचाप समझती
कि जो नीले रेशमी डोरे तैर रहे हैं
और जो भाषा सन्न है मेरी ही चुप से
वह सब कुछ मेरा ही है
एक परखनली मेरे अंधकार की
एक गहरी नीली खाई मेरे होने की

अभी थोड़ा अँधेरा है
और मैं चल रही हूँ लिये नींद बग़ल में

नींद का रंग

सपना नींद का कोई खेल नहीं
नाटक नहीं मनोभूमि की अपरिचित किसी परत का
वह एक रंग है नींद का
बूँद-बूँद जो फैलता है रात के जिस्म पर
जैसे रात फैलती है दिन के सपाट मन पर

सपना समय का कोई छद्म रूप नहीं
आरोपित होता है जो विश्व के ठोस होने के भ्रम पर
अन्तस में उसके ढुलमुल होता-सा
सपना रात का अपना समझा हुआ साफ़-सुथरा सच है
जिसे नशे की तरह वह रोज़ चढ़ने देती है
तैरने देती है अपनी ही महक की तरह
बनकर कभी रातरानी कभी नींबू के फूल

सपना एकांत की आँखों का रंगीन पानी नहीं
नींद का ही एक रंग है

कोई था और नींद थी

कितनी नींद बाक़ी थी
कितने सपने आने थे
रात थी कि धीरे-धीरे ख़त्म हुई जा रही थी
एक पागल चिड़िया इसी में ज़ोर-ज़ोर से बोले जा रही थी
उसकी आवाज़ में एक अजीब तड़प थी
जिसे हम सब जानते हैं अपनी-अपनी तरह से

उसके पंखों की फड़फड़ाहट कई और आवाज़ों को
खींच लायी थी अपनी तरफ़
जिनकी अपनी मुश्किलें थीं
विचलित करने वाले थे अपने उद्गम

रात धीरे-धीरे ख़त्म हुई जा रही थी
और नींद जस की तस बाक़ी थी
सपने तैरते हुए जा रहे थे समाने पागल चिड़िया की आँखों में
बचे रहने के लिए अगली रात तक

रात यूँ ख़त्म हो रही थी
कहीं कोई था जो यह देख और सुन रहा था
मगर चुप था

तितली की प्रार्थना थी

दुख चला आ रहा था पुरानी किसी नाव की तरह मेरी तरफ़
मन्द-मन्द जल को चीरता

तभी मेरी हथेली पर एक तितली आकर बैठ गयी थी
अपने पंखों को हाथों की तरह जोड़कर
वह किसी प्रार्थना में लीन हो गयी थी
मेरे पास अपना हाथ स्थिर रखने के सिवा
ईश्वर पर करने को दूसरा कोई उपकार न था

दुख था चमकीला होता सा
और प्रार्थना तितली की थी

भटकते सपने

खोते गये हैं मेरे साथ जन्मे वे सारे सपने
जो मेरे साथी थे
जिनको बचाये रखा नींद में मैंने
जैसे बचाती हैं नींद सपनों को अक्सर

अब मेरी याद में आँखों की खोती रोशनी की तरह
उनके खोने की उदासी बसती है
ख़ाली सड़क पर गुम होती किसी प्रिय की पदचाप जैसे

मुझे नहीं मालूम वे कब खोये और कैसे
बस यह जानती हूँ वे हैं अब भी कहीं
किसी और की नींद में भटकते
याद करते पिछले अभिसारों को

मैं कथा कहूँगी

स्त्रियो !
बार-बार मैं तुम्हारी कथा कहूँगी
उतरूँगी जीवन की अँधेरी खोह में
दूर तक बढूँगी
पहुँचूँगी वहाँ जहाँ तक थोड़ी भी रोशनी बाक़ी होगी
देखूँगी तुम्हारे प्राचीन चेहरे
जो अब तक दस्तावेज़ों की तरह सुरक्षित होंगे वहाँ
उससे ही जान लूँगी तुम्हारा हाल
और यह भी समझ लूँगी कि बहुत फ़र्क़ नहीं है
एक दूसरे के हालचाल में अब भी
अब भी दुख में वही स्थिर ललाट है
मोमबत्तियों-सी जलती हैं अब भी वैसी ही आँखें
जिन्होंने देखे न जाने कितने षड्यंत्र
झूठ और अनाचार तमाम सभ्यताओं में
ज़िम्मेदारियों और बेतहाशा श्रम से झुकी वैसी ही पीठ
और शर्म में गड़ी वही गरदन
अस्त-व्यस्त वैसे ही केश जिन्हें बाँधने का स्वांग
हर सदी में हमने किया
होठ पर मृत पड़े जीवन के वही पुराने गीत
जिन्हें एक समय हम सबने झूम-झूम कर गाया था
विश्व में जब बहुत कुछ हमारा था

स्त्रियो तुम जहाँ कहीं भी हो
जिस सदी और जिस देश में
तुम्हें अपने पूर्वजन्म-सा मैं कविता में पा लूँगी

क्योंकि बार-बार मैं ही थी जन्म लेती बन कर
कभी मीरा राबया एमिली सिमोन अख़्मातोवा कभी

पूर्वजन्म की इससे अच्छी व्याख्या और क्या हो सकती है
कि हम बार-बार अपने को पा लें खो जाने के बावजूद
एक सदी से दूसरी में
एक देश से दूसरे देश में
और अपने होने की इस लम्बी त्रासद कथा को कह कर
बार-बार किसी सुन्दर मोड़ तक पहुँचायें

अपनी यातना में

वह सो चुकी थी कई नींदें
कई दिन और रातें बीत चुकी थीं
कई ज़िंदगियाँ बन और बिखर चुकी थीं इस बीच
लेकिन एक सपना था जो अब भी झिलमिला रहा था
जिसकी झालर को पकड़ वह उठी थी
और उन फूलों को ढूँढ़ने लगी थी
जिन्हें सीने से लगा वह सोने गयी थी

जागने पर यह संसार उसे अब भी
बहुत जाना-पहचाना ही लगा था
फूल भले अनुपस्थित थे
लेकिन उसके प्रेमी वहाँ खड़े थे बाँहें फैलाये

हर हाल में प्रेम बचा रहता है उसने सोचा था
फिर आह्लादित हो ख़ुद से कहा था
आसमान को छत और धरती को बिस्तर बना
समुद्र की तरह कोई गीत गाना चाहिए

तभी उसका एक प्रेमी उसे बालों से पकड़
खींचता हुआ ले गया नींद और सपनों से बाहर
समेटे हुए अपने सीने में चुराये उसके सारे फूल
जहाँ सब कुछ नया था अपनी यातना में

प्रेम के बारे में

सिल्विया प्लाथ आओ
मेरी आत्मा में बसो
निश्चिन्तता महसूस करो
यहाँ अकेलापन कोई यातना नहीं
जो ले जाये तुम्हें गैस स्टोव तक
नहीं प्रेम के बदले नहीं मिला प्रेम कोई महादुख
यहाँ जीवन की हल्की रोशनी में फूलों की तरह खिली हुई
मिलेंगी जीवन जीने की अमूल्य सलाहें अब
एक फूल जिनमें से तुम्हें भी जीवित करेगा
अपनी अद्भुत सुगंध से

आओ सिल्विया प्लाथ
मुझमें बसो
निश्चिन्तता महसूस करो
यहाँ दूर-दूर तक कोई पुरुष तुम्हें
इतना बेबस नहीं कर सकेगा अपनी क्रूरता से
कि तुम नष्ट हो जाओ
अपने प्रेम से नहीं मार सकेगा वह तुम्हें दोबारा
आओ और अपनी बाक़ी कविताएँ लिखो
बताओ वह कैसी उदासी थी जिसे तुम झेल नहीं पायी
डूब गयी जिसमें अन्ततः
और यह भी कि अन्त तक लगाते हुये आख़िरी ग़ोता
क्या सोचा था तुमने प्रेम के बारे में

प्रतिकार

(टेड ह्यूज के लिए)

वह उसके लिए ढेर सारा अंधकार लेकर आयी थी इस बार
वैसा अंधकार जैसा अब तक
उसके मन में कभी नहीं उतरा
एक काली नदी की तरह
जिसमें डूब जाने का ख़तरा महसूस करने लगा था वह

इस अंधकार में बहुत दुख छिपा था उसे लगा
ऐसा दुख जिसे उसके मन ने पहले कभी नहीं सहा
यह नया अँधेरा आख़िर किस जंगल से लायी थी वह
क्या वहाँ चंदन के पेड़ थे या मामूली
कीकर बबूल ही
क्या वहाँ बीच में था कोई पानी का सोता
चुपचाप बहता
क्योंकि इसका रिश्ता तरल किसी चीज़ से था
इसमें हवा की नहीं पानी के बहने की आवाज़ें थीं
एक नयी सिहरन थी इसमें

कई तरह से बार-बार उसने सोचा
वह कैसे निपटे इससे
उबरे कैसे इस बार
वह तो जानता नहीं था
अँधेरा फैलाने वाले इन पेड़ों को
न उस जलस्रोत को ही ठीक से
जो अब उससे होकर बह रहा था

न वह उस मन को ही जानता था
जिससे भी शायद यह अँधेरा उपजा था

एक पत्ता बार-बार उससे लगकर हवा में डोल रहा था
और वह उसके गिरने का इंतज़ार कर रहा था
उसे लग रहा था थोड़ी देर बाद शायद यह अँधेरा
किसी पत्ते में तब्दील हो जायेगा
फिर झड़ जायेगा
या फिर बन जायेगा कोई और चीज़
कोई दुपट्टा या फिर आँचल कोई
सट जायेगा उसके चेहरे से
जिसे भींचकर वह पकड़ लेगा सटा लेगा कलेजे से
उसकी गंध से फिर समझ जायेगा सब कुछ

लेकिन यह कैसी मासूमियत है
आँचलों दुपट्टों के ज़रूर होते हैं अपने अँधेरे
मगर यह तो वही अँधेरा था जिसे वह ख़ुद
फैला आया था जंगल में स्त्री के मन में
और इसे पहचानना तो अब उसकी नियति है
इसमें कुछ देर रहना सुनना इसकी सरसराती आवाज़
एक दीर्घ प्रतीक्षित प्रतिकार

प्रेम और यातना की कविता

क्रूरता को कोमलता के लिहाफ़ में छिपाने की कला भी
एक कला है
यातना की कविता प्रेम की कविता के बरक्स तभी
खड़ी कर दी जाती है
ताकि पता न चले प्रेम करने वाला
यातना देने वाला है या ख़ुद पाने वाला
जहाँ इतनी सारी बातों के मायने बदल रहे हैं
जहाँ संसार भी दूसरा हो चुका है
यह शर्मनाक बात है कि आप कला की
एक ही परिभाषा पकड़े बैठे रहें
कला में साफ़गोई वैसे भी कब सराही गयी
एक भयानक भूल की तरह वह है आज भी

जितना उलझा रहे अर्थ
जटिल दिखें जितनी संवेदनाएँ
चमकती है उतनी ही कलाकृति
और कविता भी छिपाती रही है
किस हद तक यातना देने वालों को
यह तो इसी से साफ़ है कि ज़रूरी नहीं
हो एक कवि अच्छा मनुष्य भी

क्रूरता का आत्मछल

आख़िर ले-दे के बचा ही क्या है उसके पास
शीशे-सा टूटा-फूटा आत्मविश्वास
मोमबत्ती की हल्की लौ-सी कोई आशा
कहने को एक देह है एक आत्मा
दोनों ही निश्चित ढलान पर लेकिन
अब पाकर भी क्या करना है उसको
जो था इतना नृशंस आत्मरत इतना
कि करते हुये क्रूरता कहता था
दूसरे हैं क्रूर उसके प्रति

त्यागा था उसने उसे एक झटके से
अपने कनक समान गौरव के लिए
इतने दिनों बाद भी जो मद्धिम न पड़ा था
लेकिन रह गयी बाक़ी जाने क्यों समझने की यह लालसा
क्यों बची है क्रूरता अब भी मनुष्य में
छलकती रहती है जो पारे-सी पकड़ में आती नहीं

एक विशाल दर्पण सा फिर बढ़ा आता है वह
समझना जिसे हमेशा ज़रूरी लगता रहा
लेकिन फिर वही भ्रम पैदा करता
बिम्ब के बनाता कई प्रतिबिम्ब
छिपा इन्हीं में कहीं विलीन होता प्रकट होता कभी
कहाँ रखी जाये अंगुली समझ में आता नहीं

एक शीशा थी वह

धीरे-धीरे साँझ उतरी थी
अँधेरा भी उसी अनुपात में आया था
धीरे-धीरे ही उसे अनुभव हुआ था
सुबह से लेकर अब तक घटनाएँ तेज़ी से घटित हुई हैं
वह विश्वास जो मन में था कि रहेगा अन्ततः सब कुछ ठीक-ठाक ही
बदलती जायें लोगों की नीयतें जितनी
बचा रहेगा ज़रूरत भर प्रकाश प्रतीक्षारत उस अंधकार में
ताकि-डूबे नहीं रास्ता
जिसे हमेशा दूर धकेला उसने

बहुत कुछ बदल गया था लेकिन
वह पत्थर जो उसके भीतर पड़ा था भारी किये हुए उसे
टुकड़ों-टुकड़ों में बँट गया था
कहीं से कोई प्रेम दौड़ा हुआ आया था
और वह अस्त-व्यस्त हो गयी थी
क्या करे कैसे सँभले कि फिसले नहीं दोबारा
एक-एक पत्थर जो अभी टुकड़ों में था
समेटे अपने भीतर कितनी ही चिड़ियों की मौत
और यह क्षणिक उजाला जो उतर आया था
अकस्मात उसके रास्तों पर
उसके लिए नहीं था

बदल गयी थी मगर वह एक पारदर्शी शीशे में
जिससे आर-पार देख रही थी ख़ुद को

पसरा था बाहर अब भी कितना भय कितनी घृणा
द्वेष और स्पर्द्धा उसके लिए
मृत्यु और नींद महसूस होती थी उसको
एक विस्तार अजीब-सा
भयावह और सुनसान इस समय

उसका लौटना

मन की टीस को संभाले
दबाये हुये आँसुओं के सैलाब को
वह बढ़ती गयी
जाने कैसे उसे पता था
जो मिलेगा वहाँ पहुँचने पर
वह रुलाने वाला होगा

भ्रमों को बचाये रखने के जतन में लगी
भयभीत सच के उजागर होने की आंशका से
कदमों को धीमा करती हुई लगातार
वह बढ़ती रही
सुख को यूँ बचाने का प्रयास कितना मानवीय था
कितना निश्छल
लेकिन दुख इतना साफ़ कि
समझा रहा था लौट जाना ही श्रेयष्कर है
जाने वहाँ क्या मिलेगा
जीवन या भ्रम उसका

वह लौट भी आयी बीच से ही
फिर अपने अकेलेपन से लिपट कुछ यूँ रोयी
जैसे कोई देह अपनी ही छाया से
बिस्तर में अकेली रात देर तक ताकती रही वह
अँधेरी छत को
कोई नहीं आया जानने किस क़दर बेहाल है वह
एक मकड़ी बेशक़ गिरती थी उस तक
फिर चढ़ती थी ऊपर
अपना जाला बुनती

एक चुप्पी

प्रतीक्षा थी पश्चाताप की कहीं से उभरने की
करुणा में भीगी आत्मा का अवसाद जो ले आता है
बाद में सहानुभूति भी
या फिर विषाद के झरने का
किसी असहज पत्ते-सा जो अब तक लगा हुआ था डाल से

क्या था जो भरी दोपहर में बच्चे को स्तन से लगाये
पेड़ के नीचे बैठी सोच रही थी एक स्त्री
शीशे सी जिसकी आँखों में जीवन का प्रकाश
खो रहा था अपना रास्ता
पुराने किसी तालाब-सा हरे जल से भरा हृदय जिसका
सब कुछ जानता था मगर थिर था
हर प्रकंपन को स्थगित करता हुआ
क्षोभ या भय था कि जो छोड़ आयी पीछे अब नहीं मिल सकेगा

क्या था जिसका इंतज़ार था
झिर-झिर हवा में बैठी हुई क्या सोचती थी वह
जब आँखों के बदले भर आता था हृदय
उमड़ता हुआ शब्दों से खचाखच भरा

सब कुछ डूब रहा था पता था पल-पल उसे
एक चुप्पी तब भी बार-बार धकेलती थी भीतर
पत्ते को गिरना है करो इंतज़ार कहती हुई

उदास दोपहरों के रहस्य

एक रहस्यमय नीरवता ओढ़ ली थी उसने
एक तूफ़ान समेटकर मन के किसी कोने में दबा दिया था
एक रेलगाड़ी जो अक्सर दौड़ा करती थी उसके भीतर
उसकी दिशा बदल दी थी उसने
बहुत दिनों बाद उदास दोपहर के अकेलेपन में
उसे दिख गया था अपने भविष्य का चेहरा
बरसों बाद वह निकली थी ख़ुद को ढूँढ़ने

वह रात जो भयानक काली थी अब तक
उसमें एक चाँद खिला था
जीते हुये जीवन के साठ अतृप्त साल
करते हुये पति बच्चों पोते पोतियों की सेवा
उसे लगा था समय आ गया है उतरने का अकेले
जीवन के ताल में
जल में हिलते अपने ही पैरों को पहचानने का

था जो कुछ जैसा-तैसा अब तक जीवन में
अतीत का गट्ठर भर ही था
पटककर उसे यहीं इस ताल में
आगे बढ़कर खोजना है उस अपारदर्शी पर्दे को
पड़ा है जो जीवन और मृत्यु के बीच
जिससे ढँका है उन उदास दोपहरों का रहस्य
जिसमें वह मृत्यु को धकेलती थी दूर
बार-बार जिसे जीवन पास लाता था

हिसाब करती औरत

अपने आसपास की जगह को उसने
एक बार फिर देखा
उसके प्रिय अमलतास और कचनार
अपनी जगह पूर्ववत खड़े थे
पटी थी पृथ्वी वैसे ही सूखे पत्तों और झरे फूलों से
घास में दुबका मेढक पकड़ रहा था कूद-कूद कर
अपना भोजन पहले ही की तरह
बस बीच-बीच में आता था घुमड़ता हुआ पश्चाताप उसे अपने होने का

बार-बार वह हिसाब करती क्या मिला इस जीवन में उसे
कितना प्रेम कितनी घृणा
यातना तिरस्कार कितने
ले दे कर कितना सुख
दुख कितना

अपमान और दुख का पलड़ा उसे भारी ही मिलता
बार-बार वह हिसाब करती
कहीं कुछ छूट तो नहीं गया
भूल तो नहीं गयी वह कुछ गिनना
लेकिन हर बार वही पश्चाताप
तिलमिला कर वह देखती फिर आँखें गड़ा
सामने के अमलतास कचनार गिरा रहे होते
उसी तरह अपने फूल-पत्ते

एक चील मगर तैर रही होती दूर आसमान में मगन
अपने पंखों को पाल की तरह किये तिरछा

उस लड़की की हँसी

याद में है अब भी बसी
धुँधली-सी उसकी हँसी
जिससे निकलती थी रेशमी एक रोशनी
एक .ख़ुशी उसके बालों को बाँधे लाल फीतों पर नाचती होती थी
लड़की तब कितनी अनोखी लगती थी

याद में वह लड़की कुछ इस तरह है अब भी बाक़ी
जैसे अपने शहर की कोई गुलाबी चंपई शाम .ख़ुद में हो बची
वह लड़की है अब भी मेरे शहर में जीती मामूली-सी कोई ज़िंदगी

उसकी हँसी लेकिन बाँधती थी कितनी उम्मीदें उससे
लगता था कितना कुछ करेगी जीवन में वह
चांद तारों को रिझाने वाली
अपनी सुन्दरता में स्वाधीन
अपने बालों में बँधे लाल फीतों की तरह हवाओं में लहराती
किस आभा में खेलती रहती थी वह अपने शहर में हँसती हुई

थका बैंगनी फूल

उसके पाँवों में गिलट की सुन्दर बेड़ियाँ थीं
कमर में कमरबन्द
हाथ गोदनों से मढ़े हुये थे
एक तरफ़ से फटे ब्लाऊज़ से उसका थका बदन झाँक रहा था
खुले उलझे हुये बाल महीनों से ज्यों सँवारे न गये हों
उसके चेहरे को यूँ ढँके थे मानो
कँटीली किसी झाड़ी से झाँकता कोई जंगली फूल

सिर पर लकड़ी का बड़ा एक गट्ठर उठाये
बढ़ी चली जा रही थी वह इस दृश्य से बाहर
एक बेचैन रफ़्तार से

बाहर तेज़ धूप थी
नीम और बबूल ख़ूब ठीक से खिले थे
जैसे वे कोई पेड़ न हों फूलों के गुलदस्ते हों
कुछ ग़रीब बच्चे बगल के गंदे नाले में नहा रहे थे
एक गाय अपना रास्ता भूल थक कर
पेड़ों की छाँह छोड़ धूप में ही खड़ी हो गयी थी

गिलट की बेड़ियों वाली औरत कहीं खो चुकी थी
उसकी जगह बगल की झाड़ियों से झाँकता
सचमुच एक बैंगनी फूल था बेहद थका
पूरे दृश्य को करुण बनाता हुआ

सफ़ेद तितली

काफी सुनसान इलाक़ा था वह
जिधर वह बढ़ गयी थी
सब कुछ अनजाना अपरिचित था
अच्छा भी था एक तरह से
वहाँ वह सब कुछ नहीं था
जिससे वह ऊब चुकी थी
न थे वहाँ दुख के कई-कई रूप
वे पेड़ भी नहीं जिनके नीचे खड़ी हो
एक दिन वह भरी दोपहर में रोयी थी

काफी सुनसान इलाक़ा था वह
जिधर वह बढ़ गयी थी
बस एक सफ़ेद तितली साथ चली आयी थी उधर
तेज़ी से उड़ती हुई

बदरंग आसमान और चींटियाँ

मन का रंग है अब भी
वैसा ही ज़र्द उदास
हवा वैसी ही पतझड़ वाली
खुश्क मन को खड़काती
आसमान पहले जैसा ही मगर कितना बदरंग आज

लेकिन तब भी चीटियाँ दिखतीं कितनी तल्लीन
अपने काम करती
मीलों से चलकर कहीं पहुँचतीं
ढोती अपना सामान
अपने मन का ही कुछ इकट्ठा करतीं

आषाढ़ की पहली बारिश की एक बूँद

एक गहरी उदासी से अभी-अभी वह उबरी थी
सोचा था सलेटी-सलेटी ही रहेगा कुछ दिन सब कुछ
कुछ दिन अभी और टीसेगा मन
टुकुर-टुकुर देखेंगी आँखें
सामने का दृश्य पड़ा रहेगा अर्थहीन

अचानक आसमान में लेकिन
दिखने लगे हैं जाने कैसे चटख चंपई गुलाबी रंग इतने
सुनाई पड़ने लगा है घर लौटती चिड़ियों का तीव्र कोलाहल
और भी कितनी आवाज़ें
प्रकृति ज्यों बोल रही हो सहस्त्र भाषाएँ

वह सब कुछ जो पत्थर-सा हो गया था भीतर
द्रवित हो हवा की तरह बह रहा है
संध्या भी हतप्रभ है देख अकस्मात यह परिवर्तन
उसके भीतर भी अब एक संगीत चल रहा है
पेड़ झूम रहे हैं पत्तों संग
कहीं से कोई सुख उसकी तरफ़ भी चल पड़ा है

और लो देखते-देखते घिर आये हैं जाने कहाँ से इतने घने बादल
आषाढ़ की पहली बारिश की एक बूँद उसकी पलक पर
आख़िर आ गिरी है

काली तितलियाँ

एक अंधकार से फूटता है दूसरा अंधकार
इस तरह चल रहा जीवन व्यापार
एक काली तितली के पीछे निकलती है
दूसरी काली तितली
खो देती है प्रकाश की तरफ़ जाकर राह

बचा रहता है फिर भी कितना तम
कितना प्रकाश
मरती हैं फिर भी कितनी तितलियाँ
होता रहता है कितना क्षरण
मृत्यु का यूँ हर पल

नया नाच

जब मैं उस अँधेरे मकान में पहुँची
वहाँ कोई नहीं था रास्ता रोकने या बताने वाला
मामूली सी हलचल थी वहाँ
और कुछ आवाज़ें थीं अँधेरा बजाती हुई
इन सबको पार कर जब मैं अन्दर गयी
मैंने पाया वहाँ नाचती हुई लड़कियाँ थीं
देगा की पेंटिंग में झुकी हुई जूतों के फीते बाँधती
हरी रोशनी में नहाती
या ड्रेस पहनती नाचघर की छत की ओर देखती हुई नहीं
बल्कि मटमैली छायाओं सी
अपनी जगह अकेली नाचती हुई
स्यूरा ने ज्यों टाँक दी हों ये गतिमान आकृतियाँ यहाँ
अपने ब्रश की नोंक से

यह सभी कुछ इतना जाना-पहचाना लगा
कि मैं विचलित हुई
यह सब तो देखा-देखा लगता है मैंने सोचा
यहाँ मैं आ चुकी हूँ पहले कभी
इसमें से ही तो निकलेगी एक छाया बनेगी विश्वसुन्दरी
बाद में बाक़ी सब एक-एक कर निकलेंगी
क़ैद हो जायेंगी एक बड़े से झूठ में फिर
बेचेंगी जीवन भर साबुन गाड़ियाँ स्कूटर फ्रिज
कितना भयानक विस्तार पायेगा तब इनका शरीर
मिलेगा हमें कई-कई रूपों में वस्तुओं में हर जगह
लाखों करोड़ों को संबोधित करने का अवसर भी मिलेगा इन्हें

जब एक दिन अपने ताज पहन
वे पढ़ेंगी अपने रटे-रटाये पाठ
बतायेंगी कितनी मुक्त हैं वे
अपने पुराने शरीर से किस तरह निकल चुकी हैं बाहर
दौड़ती हैं कैसे सड़कों पर लाखों गाड़ियाँ बन
हैं कितनी गतिमान वे
हज़ारों रंगों में बदल सकती हैं लिपस्टिक नेल-पॉलिश बनकर
परफ़्यूम की गन्ध बन फैल सकती हैं दसों दिशाओं में
अबाध हैं वे उन्हें कुछ भी बाँध नहीं सकता
विश्व बाज़ार में वही तो हैं सब कुछ अब

मुझे लग रहा था यह रोज़-रोज़ का देखा गया दृश्य ही है
जो छूट रहा है बुद्धि से
प्रतीत होता किसी सपने के हिस्से-सा
अवशेष-सा पिछले जन्म में देखे गये किसी दृश्य का
याद में बचा

कहीं कुछ था हमारे देखने और समझने के बीच
पर्दे-सा ढँके उस षड्यंत्र को शायद
रचा गया था इन लड़कियों की देह के इर्द-गिर्द जो
ढँके उनके मस्तिष्क में बिठाये गये पराधीनता के विष को
सुन्दर विचारों की तरह सजाये गये थे विलासिता के
भव्य परिधानों में जो

शायद बहुत पहले तय कर चुका था बाज़ार
इन लड़कियों की नियति
बना चुका था ख़ुद को एक विशाल नाच घर
जिसमें नाचना था इनको जीवन भर
बेचने थे उसके उत्पाद उन्हीं में तब्दील होकर

अँधेरे मकान में नाचती लड़कियों वाला यह दृश्य
पहचान पाना इसलिए भी कठिन था शायद

कि मैं सोचती थी लड़कियाँ नहीं होतीं सड़कों पर भागती गाड़ियाँ
फ्रिज या स्कूटर

वे तो रात होती हैं स्वप्न देखती हुई
भोर का हल्का उजाला
चिड़ियाँ जिसमें अपनी आँखें खोलती हैं
सुबह का चाँद
सूरज जिसमें अपना मुख देखता है
और यह संसार जिसमें अपना मन

मैं सोचती थी लड़कियाँ नहीं नाचतीं किसी के ज़ोर में आकर
वे नाचती हैं जब वे चाहती हैं जहाँ चाहती हैं
अपने घरों आँगनों खेतों जंगलों पहाड़ों पर
वे नहीं करतीं ऐसे काम जिनमें नाच-नाच कर
बेचने हों उन्हें दूसरों के सामान
तितलियों-सी उड़ती हुई वे तो चल देनेवाली होती हैं उधर
जिधर उन्हें प्यार मिलता है और थोड़ा सम्मान

अँधेरे में नाचती लड़कियाँ निश्चिन्त नाच रही हैं कोई नया नाच
जिसे मैंने पहले कभी किसी दुःस्वप्न-सा देखा था
जिसे मृत्यु नाचती है
भरती है जब वह संसार को विनाश की नयी उत्तेजना से
उसकी आशंका के आश्चर्यजनक कौतूहल से

सहमति

.ख़ुशी-.ख़ुशी चल रहा है सारा अत्याचार
अपने सिर उतार कर पेश कर रहे हैं लोग .ख़ुशी-.ख़ुशी

अब तो अपना ही जल्लाद है
जैसे है अपना नाई
वकील और डाक्टर अपना एक
दर्ज़ी भी एक अपना
वैसे ही ख़रीदार है अब सबका अपना अपना
ख़रीदता है जो सब कुछ सारी देह सारा दिमाग़
समूचा अन्तःकरण
सारी सहमति

बेचते हुए कितना हल्कापन महसूस होता है
ख़रीदे जाते हुए कितना संतोष
यह तो बाज़ार ही जानता है अब
या बाज़ार में बिकती चीज़ें

स्त्री चली जाती थी चुपचाप

पीठ पर ठंड जमती थी
और होंठों पर पश्चाताप
एक रात बीत रही थी
यों प्रणय से रिक्त

कड़वाहट मन में जितनी थी
भाषा में भी उतनी ही
फिर कविता चली आती थी जाने क्यों
भीतर उतरने

क्या करना है अब से थोड़ी देर बाद
सोचना बाक़ी था
क्या कहना है ख़ुद से यह भी तय नहीं
पीठ पर ओस इकट्ठा हो रही थी
पलकों पर उपहास
फटी-फटी आँखें देखती थीं बाहर का दृश्य

एक आदमी चला जाता था
एक स्त्री को सुलाने
स्त्री चली जाती थी चुपचाप

गरिमामय जीवन के लिए

एक गरिमामय जीवन जीने की तरकीबों पर
वह कब से सोच रही थी
क्या करना चाहिए जिससे जीवन दिपदिपाता रहे
कोई हताशा या दुख छुए नहीं उसे
रुग्ण करने वाला अकेलापन कुतरे नहीं
वह गिरे नहीं किसी आततायी की गोद में
देह न देनी पड़े प्रेम के बिना

वह सोचती रही लक़दक़ जीवन के सुनहरे रूप पर
एक दिन उसे लगा यह देह ही असल जड़ है
जीवन में हर ग़लाज़त की
और विश्व में व्याप्त हर खोखलेपन को जैसे
वह समझ गयी
देर तक वह फिर प्रफुल्लचित्त रही

यह भी समझ में आया उसे
असंपृक्त हो उस देह से बहुत कुछ किया जा सकता है
जिससे जीवन में गरिमा आये
सारा आधुनिक पश्चिम देह की निरर्थकता
और मस्तिष्क की विलासिता पर ही तो फल फूल रहा है
ठीक ही देह को भारतवर्ष में भी मिट्टी समझा गया है
क्यों फिर चिन्तित हुआ जाये
कौन इसका क्या करता है
कैसे भोगता है

इस तरह देर तक उसने ऊटपटाँग बातें सोचीं
जीवन को गरिमामय बनाने के सिलसिले में
लिख डाला उसने दनादन ढेर सारा अनर्गल भी—
लेखन भी आख़िर क्या है एक झूठा दम्भ नहीं तो
मनुष्य की श्रेष्ठता का मनगढ़ंत प्रमाण
सिद्ध करने के लिए जिसे किये गये कितने ही व्यर्थ उपक्रम
क्यों ऐसी परम्परा को दी जाये मन की विरल सांद्रता
किया जाये लेखन को इतना गौरवान्वित
कि आना पड़े फूको और दरीदा को कहने—
देखो यह सत्य है लेखक मर चुका है
और लेखन क्या है...एक अद्‌भुत खेल ही तो जिसे सिर्फ़ मनुष्य खेलता है
ताकि वह जारी रख सके अपनी असल क्रूरता
दूसरों के और अपने प्रति

सोचती हुई इस तरह वह बार-बार ख़ुश हुई
ऊटपटाँग के पक्ष में हैं आख़िर अनगिनत गंभीर बातें भी
उसने सोचा और फिर रो पड़ी

वह .ख़ुद तक पहुँचे

कितना कठिन है उस स्त्री के जीवन का रास्ता
जो किसी पुरुष से कहे–
'मेरा जन्म ही तुमसे प्रेम करने के लिए हुआ है'

यह समय भी नहीं है उससे कुछ कहने का
प्रेम में वह इतनी निरीह दिखती है
इतना ज़रूर सोचती हूँ
जब वह निकले इससे बाहर
सामने मिले उसे सीधा-सरल कोई रास्ता
जिस पर चलकर वह .ख़ुद तक पहुँचे

जैसे एक स्त्री जानती है

देह सुख की नदी है
सहस्रों वर्षों से पता है
उतने ही वर्षों से यह भी
कि दुख का खण्डहर है यह
प्लास्टिक का नया सिक्का तो अब बनाया गया है इसे

कौन जान सकता है लेकिन
जैसे एक स्त्री जानती है देह को
कौन जानता है बना सकती है वह इससे कैसी नाव
पार कर सकती है कौन सी सरिता

कि मुक्त कर सकती है वही
देह को देह से
उठा सकती है जीवन पर पड़ा आख़िरी पर्दा

नयी उलझन

क्यों इतनी उद्विग्न हैं औरतें आजकल
क्यों छिपा कर नहीं रखती अपने दुख पहले जैसे
क्यों चाहती हैं फींचना गन्दे लत्ते-कपड़े सार्वजनिक रूप से
लिपटी रहती थी सकुचाई-सी इनकी आत्मा जिनमें

कितने प्यार से चलता था सारा कार्य-व्यापार जीवन का
सुबहें होती थीं कितनी साफ़-सफ़ेद
दोपहरें आरामदेह
लालसाओं में लिपटी कैसे डूब जाती थी शाम रात के आग़ोश से
किस आसानी से अपनायी जाती थीं फिर वे
सुखद होता था कितना वासनाओं का साम्राज्य तब

कुछ लोग समझ नहीं पा रहे
कि समय बदलता है
और साथ में उसकी झक भी

मुक्ति के फ़ायदे

कुछ लोग अब समझ रहे हैं
नारी मुक्ति के हैं कुछ फ़ायदे भी
कहते हैं देखिये किस तरह ढो रही हैं औरतें
पहले से आठगुना भार
पैदा कर रही हैं पाल रही हैं बच्चे अकेले ही
चला रही हैं देश और समाज
कमा रही हैं खा रही हैं अपना
मुक्त कर चुकी हैं पुरुषों को अपने से पहले ही

सोचकर लगता है कि कितना निरर्थक था
बाँध कर उन्हें रखना गायों की तरह
और ख़ुद मरते रहना दाना-पानी के लिए सबके
वैसे भी कब चाहिए थीं औरतें प्रेम के लिए किसी को
जिनके साथ करना पड़ता था साझा तन से ज्यादा धन का
अच्छा है मुक्त हो रही हैं मिल सकेंगी स्वच्छन्द सम्भोग के लिए अब
एक समय जैसे मुक्त हुआ था श्रम पूँजी के लिए

यह सच है पुरुषों के हमेशा काम आयी हैं औरतें
आज भी प्रेम के बहाने उन्हें ले जाया जा सकता है अँधेरों में

पसन्द की जाने वाली स्त्री

प्रेम करती हुई स्त्री ही अब भी पसन्द की जाती है
छल में भी एक अजीब जादू है
जो झूठ में नहीं

कितना मिलता जुलता है झूठ भी सच से आख़िर
मृत्यु ज्यों प्रेम से

अन्त में सच ही बचाता है हर स्त्री को
लेकिन तब तक वह तब्दील हो चुका होता है
झूठ में कुछ इस तरह
कि वह उसके किसी काम का नहीं रहता

छल रहता है ज्यों का त्यों तब भी
अपने काम करता
प्रेम और मृत्यु का रथ हाँकता

मुझे वह स्त्री पसन्द है

मुझे वह स्त्री पसन्द नहीं
जिसकी जीभ लटपटाती है पुरुषों से बात करने में
जिसका कलेजा काँपता है उनकी मार के डर से
जो झुककर उठाती है उनके जूते
पहनाती है उन्हें समर्थ समझकर
जो सोती है उनके साथ किसी फ़ायदे के लिए

मुझे वह स्त्री पसन्द है जो कहती है अपनी बात साफ़-साफ़
बेझिझक जितना कहना है बस उतना
निर्भीक जो करती है अपने काम
नहीं डरती सोचती हुई आत्मनिर्भरता पर अपने
हटाती नहीं जो वे आख़िरी पर्दे
जिन्हें आत्मा बचाये रखना चाहती है देह के लिए

मुझे वह स्त्री पसन्द है
समझती हुई सारे घात-प्रतिघात जो
ख़तरे सारे जीवन के
ख़ुद से प्रेम करती है
और संसार के हर प्राणी से सहानुभूति रखती है

जो नारसिसस के साथ डूब गया

एक उजाड़ है अब वह जगह
जहाँ पहले एक झील थी
जहाँ से नारसिसस के पैरों की आवाज़ अब भी आती है

वह वहीं गयी है
खोजने फूलों भौंरों तितलियों को
बेशुमार दूसरे जीवों को
पानी को हरियाली को

वह जायेगी मृत्यु तक लाने वापस
वह सब कुछ जो नारसिसस के साथ डूब गया था
लायेगी किसी तरह उस सौन्दर्य को
जो दोबारा ध्वस्त न होगा

मेरी सखी ललिता

स्थिर जलवाले तालाब के किनारे
वहीं जहाँ आम के घने पेड़ों की छाया है
मंद-मंद हवा जहाँ बहती है शीतलता लिये
वहीं जहाँ हम मिले थे पिछले जन्मों में
अपलक देखते रह गये थे एक दूसरे को
जब लगा था सारी दुनिया सुन्दर है
कहीं कुछ भी कुरूप नहीं

वहीं आना अपने सुनहरे केश खोले
हाथों में लिये श्वेत कमल
होठों पर बिठाये वही अविस्मरणीय मुस्कान
जिससे वातावरण में हलचल-सी हुई थी
जहाँ-तहाँ से उड़कर आये थे अनेक पक्षी
देखने हमारा यह मिलन

उसी स्थिर जल वाले तालाब के किनारे
आम की गाछियों की साँवली छाया में
आना मिलने बताने फिर से
कितने हज़ार वर्षों का हमारा साथ है
कितने हज़ार वर्षों से तुम रही हो ऐसी ही
इतनी ही सुन्दर प्रकृति–मेरी सखी ललिता

एक दृश्य स्वप्न सा

एक डाल पर सोयी थी दूसरी डाल
एक टहनी से सटी लगी थी दूसरी
एक पत्ता ढँके था दूसरे को
सब बचाये हुए थे इस तरह .ख़ुद को
बचाकर दूसरों को

बचे रहने का शायद यह सबसे सरल तरीक़ा था
जो लाखों करोड़ों वर्षों से इस जंगल में सबको पता था
इसी तरह धरती के असंख्य प्राणी बचे रहे थे
मनुष्यों का समाज बचा रहा था
लड़ते हुये घनघोर बारिश तूफ़ान और एक दूसरे की क्रूरता से
आये थे घेरने इन पत्तों टहनियों गिलहरियों ख़रगोशों चीतों को
मनुष्यों के साथ-साथ जाने कितने क्लेश बाधाएँ कितनी
लेकिन ये रहे गुँथे एक दूसरे से
भीतर से जुड़े कसकर पकड़े .ख़ुद को
किये आँखें बन्द सुनते हुये प्रकृति की हर आवाज़ को
संतुलित किये हुये साँसों को इस तरह
कि आ-जा सकें सबके भय मंशा सबकी साफ़-साफ़
सब तक

यह एक दृश्य है जो सुरक्षित है प्रकृति में अब
बस उसके एक स्वप्न-सा

अल्पप्राण का साहस

वहाँ एक काँपती हुई .ख़ुशी थी
ठहरी हुई एक चौड़े जंगली पत्ते पर
मुस्कुराहट में अपने छिपाये अपार दुख
जो आने वाला था
बहा ले जाने सारे आँसू सारी करुणा

साहस की अनिवार्यता समझती थी
मगर क्या कर सकती थी वह .ख़ुशी जो एक ओस की बूंद भर थी
ढलक कर मिट्टी में मिल जाने के लिए बनी
एक थरथराहट तब भी जो बाक़ी रह गयी थी
वही प्राणों में समा गयी थी उसके

स्निग्ध आकाश के नीचे अल्पप्राण के साहस की परीक्षा
यों बार-बार होती है
हर बार नये सिरे से जंगली पत्ते पर
ओस की बूँद बन वह ठहरती है

लिप्सा

पत्थर के नीचे दबी घास के पास भी एक कहानी है
जिसे सुनती रहती है बगल में बहती नदी
घास की सफेद जड़ों से जीवन पाने वाले
छोटे-छोटे जीव ही इसके पात्र हैं
सूक्ष्म से सूक्ष्म जीवों के भी आख़िर अपने संसार हैं
सत्य और असत्य की अपनी भूमिकाएँ हैं यहाँ भी
दुविधाओं हताशाओं क्रूरताओं के बीच
यहाँ भी राज करती है लिप्सा ही इस संसार से

इस तरह दुनिया सुन्दर हुई थी

शाम ढल चुकी थी
रात पसार रही थी अपना आँचल
आसमान से नीला प्रकाश झर रहा था
सामने का एक पेड़ उस में नहा रहा था
तभी उसकी एक डाल हौले-से हिली थी
संभव था उसे हवा ने हिलाया हो
या किसी चिड़िया ने खुजलाई हो वहाँ बैठकर अपनी गर्दन
या फिर बदली हो जगह
गयी हो एक डाल से कूदकर दूसरी डाल पर

सम्भव था इससे दुनिया सुन्दर हुई हो
उदास किन्हीं आँखों में जीवन की चमक लौटी हो

बचा हुआ स्पर्श

शाम रात के आग़ोश में जा चुकी थी
वसंती हवा कचनार के फूलों को हिला रही थी
बगल के ख़ाली मैदान में ऊँची-ऊँची जंगली घास डोल रही थी
मानों खड़ी रात का स्वागत कर रही हो

यह दृश्य कहीं और भी था सहसा लगा
जहाँ सभ्यता का विकास किसी और ढंग से हुआ था
जहाँ शाम और रात के छोटे अन्तराल में
सुन्दरता किसी रहस्य की तरह नहीं छिपी थी
वह थिरकती हुई सबों के सामने थी डाले हाथों में हाथ
देख रहे थे जब इसे जाने कितने युगल
बसंती हवा जब सहला रही थी
उनके चेहरे बाल आँखें सारा बदन

शाम रात के आग़ोश में जा चुकी थी
और कोई खोजता था वही स्पर्श हवा में बचा हुआ
वैसे ही इस पल

जिधर हवाओं का शोर था

उधर जिधर आसमान में घने बादल थे
और बिजली थी
जिधर हवाओं का शोर था
मैदान में पेड़ों की तरह उग आयी लहलहाती घास थी
उधर ही मेरा मन था अबाध कब से कुछ सोचता

साथ में कुछ और न था
बस एक हल्की ख़ुशी थी चीज़ों के यूँ होने की
एक झुरझुरी बदन में जाने कैसी

रात को एक बार देखा था

समय की साँस पर जैसे लेटी हुई
मैं आ-जा रही थी इस लोक से उस लोक में
देख रही थी घना तम चमक रहा था
एक चमकीली रात लेटी थी उधर अपने पूरे सौन्दर्य में
नीले सफ़ेद फूलों से सजी थी उसकी देह
वह सचमुच एक अप्सरा दिख रही थी

समय के हाथों जैसे मैं अचानक चुन ली गयी थी
देखने के लिए
किस तरह रात स्वप्न में बदलती है
कैसे उसकी साँस हवा बनती है

बाद में नीले सफेद फूल मेरे चेहरे पर पड़े मिले थे
जैसे वे सौन्दर्य के रहस्यमय चिह्न हों
जिनसे साबित कर सकूँ
रात को देखा था एक बार मैंने यूँ

रात का दरवाज़ा

कितनी अपनी है अब भी रात
सुनती है किस धीरज से रुदन-विलाप
रहस्य की तरह बचा उल्लास
किस तरह छिपाये रखती है
कौतूहल उस स्वप्न के आगमन का
जिसे पाने के बाद वह सदा के लिए बदल जायेगी

अब भी कितनी अपनी
बचाये हुये उस नीले दरवाज़े को
जिससे अन्ततः निकला जा सकता है यातनाओं के पार

जहाँ चट्टानें भाषा जानती हैं

मैं उन सुरम्य घाटियों से गुजर रही हूँ
जहाँ चट्टानें भाषा जानती हैं
ठंढ महसूस करती हैं
सिहरन में इनके भी काँपते हैं होंठ

हरी काली कहीं
कहीं बदरंग भूरी
रंगों के प्रति सजग फिर भी
जिस्म की ठोस इच्छाओं से बिंधी
प्रकृति की हर आवाज़ को सुनती हैं ये चट्टानें
एक-एक शब्द बचाती हैं अपने भीतर
सारे आत्मीय स्पर्श
लौटाने के लिए हमें

मैं उन सुरम्य घाटियों से गुजर रही हूँ
एक झरना जहाँ बह रहा है
एक लाल चिड़िया जहाँ मेरा इंतज़ार कर रही है

सुबह

जागती नहीं सुबह सबकी तरह किसी निश्चित समय पर
जगी रहती है बैठी देखती हुई बिताती है रात
सुख-दुख के अद्‌भुत नृत्य
आलिंगन और संताप
सुनती हुई मौन के विकल आलाप
फड़फड़ा कर गिरना किसी चिड़िया का स्वप्न से बाहर
सुबक कर सोये किसी बच्चे की डूबती साँस
करती हुई नहीं मगर कोई यत्न उबारने या बचाने का किसी को
विरल निःसंगता में घटित होने देती है सब कुछ
जैसे उन्हें होना है किसी नियति के तहत

नहीं आती सुबह यूँ ही कभी औचक
वह चली रहती है रात से ही
जैसे कोई स्वप्न पिछली नींद से

शाम

सुन्दर मुख साँवली काया
जानती हूँ तुम्हें तब से
पहली बार जब मोह में पड़ी जीवन के
जब संसार सारी दुख-दुविधाओं के बावजूद बेहद ज़रूरी लगा

हर बार नये सिरे से अच्छी लगे कोई जब
कभी बची लालिमा की वजह से
कभी डूबती बैंगनी रंग में मिले चटख गुलाबी के कारण
जाती हुई छोड़ यह सब कुछ फिर गहरे काले में आख़िर
प्रतीक्षा करती है उसकी ही मेरी आत्मा
सहेली-सी जो धर देती है मन पर बिला नागा
मौन अवलोकन के सुख को

कौन जानता है सिवा मेरे कैसे ढलने पर
आकर बैठती है मेरे ही भीतर वह
समेटे अपने लम्बे काले बाल
मोड़ कर बाँहें ढँक कमनीय अपनी पीठ गर्दन स्तन
कैसे जब पसारती है रात अपने डैने
लेती हुई संसार को अपनी गिरफ़्त में
तोड़ती सबके बल-संयम
रखती है वही हिसाब हर सुख का
विघटन बिखराव से बचाकर सौंपती है सब कुछ
पूर्ववत सुबह को

दोपहर

दोपहर भरती नहीं कभी
उड़ेल दें चाहे जितनी उदासी नींद और ऊब उसमें
ख़ाली ही रहती है
अपने उसठपन में बदरंग
मिलती-जुलती कितनी उस औरत से
जो है ख़ुद एक दोपहर-सी

भीतर से भाँय-भाँय
बाहर से व्यस्त घर के काज निपटाती
सुनती डाँट फटकार जूते चप्पल खाती
बच्चों की काँव-किच में कौआई उबियाई
खाली होते ही मगर फिर
बदरंग बेहिस एक दोपहर ही

रात

थी रात आज भी सुबह की प्रतीक्षा में
जैसे कोई औरत अच्छे दिनों की
नहीं मालूम जिसे
अंधकार में भी उड़ते रहते हैं स्वप्नों के पराग
कई तरह के राग
कितने ही गीत मुँह बन्द किये
कि बहती है .ख़ुशी हवा की तरह यहाँ भी कभी-कभी

थी अपनी सी आज भी
इतने वर्षों बाद रात
गाती हुई राग विहाग
खोले अपने बाल
बहुत दिनों बाद और कोई नहीं था हमारे साथ
हम थे हवा में लहराते छूते हुये अन्धकार

बस बहुत दूर तारे थे फूल प्रकाश के
विस्मित .ख़ुश हमें नहीं देखने का स्वाँग करते हुए

जुगनुओं का प्रकाश

यह जुगनुओं का प्रकाश है
क्षीण भुकभुकाता हुआ
अँधेरे में ख़लल डालता
सजाता प्रकृति को रोशनी के नन्हें फूलों से

जब बाहर उमस भी है
और जीवन में उबासी भी
सोचती हूँ आज भी कैसे उबार देती है प्रकृति
मनुष्य को

रातरानी की महक

हवा के साथ उड़ती आयी है रातरानी की महक
जैसे याद माँ की
मन को यूँ सहलाती जैसे हों उसके ही हाथ
फिरते मेरे बालों में
बताते कितनी ज़रूरत है
रंग और सुगंध को सराहने की
पसन्द करने की अच्छी हवा को
प्यार को महसूस करने की जो है रातरानी की महक ही इस पल
रात में अकेली बरामदे में मेरे लिए

माँ का चेहरा

याद चलचित्रों की तरह साफ सुनियोजित
चित्रों की गाथा नहीं रही अब
बिम्बों की गहन लैंडस्केप बन गयी है
जहाँ लकीरें हैं
बिन्दुओं से भरी हैं सारी सतह
और उनमें फंसे पड़े हैं हम
पारे की तरह ढुल-मुल

ऐसा क्यों है कि अब मुश्किल हो गया है
याद रखना माँ का चेहरा भी
क्यों वह एक महक एक स्वाद की तरह ही
महसूस हो पाता है
क्यों कुछ भी सरल नहीं रह गया जीवन में
जानी पहचानी उदासी भी नहीं

सौन्दर्य का आश्चर्यलोक

बचपन में घंटों माँ को निहारा करती थी
मुझे वह बेहद सुन्दर लगती थी
उसके हाथ कोमल गुलाबी फूलों की तरह थे
पाँव ख़रगोश के पाँव जैसे
उसकी आँखें सदा सपनों से सराबोर दिखती
उसके लम्बे काले बाल हर पल उलझाये रखते मुझे
याद है सबसे ज्यादा मैं उसके बालों से ही खेला करती थी
उसे गूँथती फिर खोलती थी
जब माँ नहा-धो कर तैयार होती
साड़ी बाँधती
मेरे लिए वह विश्व का सुन्दरतम दृश्य होता
जिसके रंगों और ख़ुशबुओं में मैं यूँ खो जाती
जैसे कोई एलिस आश्चर्यलोक में

जब मैं थोड़ी बड़ी हुई
मुझे अपनी बड़ी बहन दुनिया की सबसे सुन्दर
लड़की लगने लगी
उसकी लगभग सोने जैसी देह
अपनी दमक से संसार को भरती
उसे भी मैं घंटों देखती जब वह तैयार होती
नहा धोकर, लगभग माँ की तरह ही
अपने लम्बे बालों को सुखाती सँवारती बाँधती
उसकी आँखें माँ की आँखों से भी ज़्यादा
स्वप्निल दिखतीं

अब मुझे अपनी बेटियाँ इतनी सुन्दर लगती हैं
कि मैं उनके पाँवों को चूमती रहती हूँ
मन ही मन ख़ुश होती हूँ
कि एक स्त्री हूँ
और घिरी हूँ इतने सौन्दर्य से

बड़े बाप की बेटियाँ

बड़े बाप की भी बेटियाँ
बिताती हैं कैसी कातर पराधीन ज़िन्दगियाँ
हो जाती हैं जब वे दूसरों की स्त्रियाँ

सारी मेरी दादियों, नानियों, चाचियों ने
जीवन की शुरुआत की लगभग एक जैसी
और हैरत कि अन्त भी उनका था
कितना मिलता-जुलता

मरी मेरी नानी सौ साल की होकर
था मुख उसका इतना सुन्दर
कि लगता सुन्दरता देह में ही पाती है अपनी पूर्णता
उसकी आँखें बड़ी आसमान-सी गहरी
याकि समुद्र जल-सी नीली खारी
उसके हाथ इतने कुलीन
अंगुलियों के नाखून इतने संयमित
गुलाबी पोरों से चुपचाप सटे
हमेशा कायदे से तराशे हुए
हीरे माणिक मोती पन्ना
जैसे दमकने के लिए पा नहीं सकते थे
दूसरा शरीर

लेकिन तब भी यह शरीर नहीं था उपयुक्त घर
उसकी आत्मा का
वह हमेशा लगता रहा एक खोखल

और मेरी नानी घबरायी सी एक चिड़िया
कभी ठीक से नहीं बैठी अपनी जगह
आश्वस्त कभी नहीं
कि चला न जाये कहीं उसका सुख पीछा करने
किसी अनाम दुख का

और हुआ भी यही
नानी ने पहले खोया अपने पति को
फिर इकलौती बेटी को
जिसके थे छः बिलखते बच्चे
नानी का दुख अपनी बेटी के बच्चों के दुख से भी
गहरा था
उसको पता था उसकी बेटी भी थी आख़िर
हीरे माणिक मोती से सजी एक खोखल
घबरायी-सी एक चिड़िया
जिसके अन्तस में भी थे जीवन के संशय

मेरी माँ नहीं जानती थी

जब मैं पैदा हुई थी
मेरी माँ नहीं जानती थी
मेरी आँखों में असंख्य जुगनुओं का प्रकाश जगमगा रहा था
मेरी बाँहें इतनी लम्बी थीं कि वे आकाश को छू सकती थीं
चाँद तारों से ले आ सकती थीं
उनके खगोलीय रहस्य

बाद में भी उसे नहीं पता था
कि यह सब हासिल करने के लिए चाहिए था जो साहस
वह मुझे अपने पूर्वजों से नहीं
देश समाज से नहीं
अपने विवेक से हासिल करना था
अर्जित करना था सहस्र जुगनुओं का प्रकाश
भरने के लिए अपनी आत्मा के अँधेरे कोटरों को
सहेज कर रखना था कटु अनुभवों को
जीवन को हर हार से बचाने के लिए

मृत्यु के पहले लेकिन जैसे उसे अचानक समझ में आया था
कैसा होना चाहिए उसकी बेटियों का जीवन
तभी उसने कहा था नहीं आते काम हीरे माणिक मोती
होनी चाहिए पास में अपनी कौड़ी

मेरी माँ को तब भी नहीं पता था बहुत कुछ मेरे बारे में
तब भी भविष्य फुसफुसा रहा था मेरे कानों में कुछ
जिसे वह नहीं सुन रही थी

याद करने की पद्धति

जब उस फ़िल्मकार ने मुझे बताया
उसे तलत महमूद बहुत पसन्द हैं
और यह भी कि महीने में एक बार वह उन्हें ज़रूर सुनता है
तब मुझे लगा यह कितनी अच्छी बात है
किसी को याद करने में हो इतनी ईमानदारी
और एक पद्धति भी

मुझे यूँ ख़ुश देखकर फ़िल्मकार ने आहिस्ता से कहा–
दरअसल तलत अपने गानों की ही तरह थे
अपनी आवाज़ में मजाज़ को जीते हुए
'ऐ ग़मे दिल क्या करूँ'
रात में तारों के जाल में ख़ुद को तलाशते हुए

सुनती हुई ऐसी बातें मैं किसी अनाम उदासी से भरने लगी
मुझे लगा जो लोग दूसरों को इस तरह समझते हैं
कितना ख़तरा रहता है उनके ख़ुद न समझे जाने का
तभी गीता दत्त मुझे याद आयीं
मैंने तपाक से कहा 'और गीता दत्त ? वह भी तो
अपने गानों की ही तरह थीं'
'हाँ' उसने कहा 'वह एक वयस्क गायिका थीं
लता की तरह लड़की की आवाज़ में सदा गाती हुई
कोई अचंभा नहीं''
'गीता दत्त की आवाज़ में सदियों की व्यथा है
जिसमें अपने हिस्से की तकलीफ़ हम आज भी तलाश सकते हैं...' मैंने सोचते हुए कहा

फ़िल्मकार जैसे मेरी बातों से सहमत था

तभी उसने कहा 'क्या आपके पसन्दीदा गीतकार ओ.पी. नैयर हैं ?'
मैंने हाँ कहा, 'वह ओ.पी. नैयर जिसके लिए आशा भोंसले गाती थीं'' मैंने बात साफ़ की
सहजता से फ़िल्मकार ने कहा 'अकसर गीता दत्त से
मुड़कर .ख़ुद से परेशान लोग आशा की तरफ़ ही जाते हैं
उनकी आवाज़ में एक मस्ती है जैसी रफ़ी और
किशोर कुमार की आवाज़ों में थी
जो सब कुछ खोल देती थी'

मैंने कहा आशा को सुनते हुए ऐसा लगता है आवाज़ भी एक
राह हो सकती है मुक्ति की....'

फ़िल्मकार के चेहरे पर एक रहस्यमय मुस्कान उभरी
'ऋत्विक घटक की मेघे ढाका तारा फिर
आपको अच्छी लगी होगी, कोमल गांधार और
रामकली आपके पसन्दीदा राग होंगे...'
मैं चौंकी 'हाँ' मैने कहा 'और राग केदार भी' फिर जोड़ा
'हेमंत कुमार ?' खिलते हुये जैसे उसने पूछा
'अरे हेमंत कुमार तो छूट ही गये' मैंने ऐसे कहा जैसे मुझसे कोई बड़ी ग़लती हुई हो
'यह सच है हेमंत कुमार की आवाज़ समुद्र के तल से
उठती हुई जैसे आती थी, थकी परेशान सारे रागों
के पालों से लगभग टकराती हुई...'
फ़िल्मकार ने यह सुनकर बुझी सी आवाज़ में कहा 'लेकिन
प्यार में है जीवन की .ख़ुशी अब एक जीवन की
विसंगति भर है'
'विसंगति ?' मैंने अविश्वास से दोहराया
फ़िल्मकार चुप हो गया था और हमारी बातचीत जो एक खेल की तरह चल रही थी
एक ख़ामोशी में तब्दील हो गयी थी
बस हवा चल रही थी गाती कभी रामकली
कभी जैजैवंती कोमल गांधार कभी...

बहुत देर बाद जैसे किसी नींद से जागते हुये
फ़िल्मकार ने कहा 'सी.एच आत्मा बेशक़ आज भी सुने जा सकते हैं
जैसे कोई अपनी ही बात सुने

और सहगल भी कितना
करीब ला सकते हैं आपको .खुद के'
'सी. एच. आत्मा ?' मैंने एक गहरी साँस ली
फिर मन ही मन सोचा
किस तरह कभी-कभी जाना पड़ जा सकता है
मामूली बातचीत में भी वर्जित इलाक़ों धुँधुआती वीरानियों
या फिर स्मृति की नरम उदासियों की तरफ़
मेरी माँ के पसन्दीदा गायक सी.एच. आत्मा ही थे
कितनी ही बार मैंने उसे 'मैं बैठा सागर के किनारे सागर हँसी उड़ाये' सुनते हुये
पाया था
तभी मैंने फ़िल्मकार को कहा 'बचपन से ही सी.एच. आत्मा की आवाज़
मुझे किसी दूसरे संसार से आती हुई लगती थी
और शायद मेरी माँ उसी आवाज़ के पीछे-पीछे उस
दुनिया में गयी जहाँ से कभी कोई नहीं लौटता'

फ़िल्मकार को लग गया था मैं कहीं दूर निकल गयी हूँ
और वह पीछे छूट गया है
मुझे बातचीत में लौटाने के लिए ही शायद उसने कहा
'याद करने के तरीक़े न हों तो
याद किये जाने वाले भी मायूस हो जाते हैं
और पद्धति तो होती ही है इसलिए कि हम किसी को
ठीक-ठीक याद कर पायें'
फ़िल्मकार की यह बात सुनकर इस बार मैं फिर उदास हुई–
'जो चीज़ों को इस बारीक़ी से समझते हैं
यह संसार कितना असहनीय है उनके लिए
उनका जीना कितना कठिन है मगर कितना ज़रूरी....'

बातचीत के इस दौर में फ़िल्मकार की आँखों में ढेर सारी करुणा थी
जाने किसके लिए कह नहीं सकती
शायद अपने लिए या फिर उनके लिए
जिन्हें जीना होता है यह जीवन गानों की तरह ही
अपने लोगों को याद करते हुए

हूँ ऐसे इस संसार में

लिखती हूँ जब रात पर कविताएँ
कर रही होती हूँ अपना ही अनुवाद
हवा तितली नदी पर लिख रही होती हूँ जब
कर रही होती हूँ तैयार अपनी ही प्रतिलिपियाँ
फैली रहती हूँ इस तरह अपने इस संसार में दिन रात
मूल में नहीं समझे जाने का दंश मगर
भाषा झेलती है
पीठ की तरह दुखती है जो अक्सर रात गये

नश्वर

मैं जहाँ हूँ वहाँ अभी कोई और नहीं
सिर्फ़ रात है अपने विशाल डैने झपकाती
मेरी ही तरह जगी
जानती हुई कोई और नहीं हो सकता इसकी तरह
इंतज़ार नहीं कर सकता कोई और यूँ दिन का
घेर नहीं सकता पृथ्वी को अस्तित्व के आदिम अहसास से ऐसे

कुछ दिनों बाद जहाँ मैं हूँ
वहाँ मैं भी नहीं रहूँगी
लेकिन तब वहाँ कोई और नहीं होगा मेरी तरह
दरअसल कोई नहीं होता किसी की जगह
सब अपनी ही जगह होते हैं अपनी तरह
मौलिक अकेले
रात के अन्तस में धँसे
अपने से नश्वर

चिड़िया और एकान्त

कितनी विचित्र है चिड़िया
होती है किस विस्मयकारी ढंग से उपस्थित जीवन में
बनकर छोटी नाव कभी
मन जब बह रहा होता है नदी-सा
एक कंकड़, जब हो जाता है थिर तालाब वह
टूटे पत्ते-सी खड़खड़ाती है वही
चल रही होती है भीतर जब कोई तूफ़ानी हवा
बारिश में बूँद-बूँद टपकती है छज्जे से
देख रही होती हूँ मैं जब अकेली
नृत्य जल का

शान्त हो जाने पर सब कुछ
धब्ब से गिरती है वही एकान्त में मेरे
जैसे हारा हुआ अपना ही कोई हिस्सा

एक तारा बस

देर तक भीतर
ढोल पर हल्की थाप-सा
बजता रहा था वह आत्म-प्रलाप
जिसे बार-बार अनसुना करने की कोशिश मैं करती रही

जाने कब तक एक पत्ते-सा डोलता रहा वह दुख
जिसके बारे में कुछ भी नहीं किया जा सकता था
दिन के उजाले में बदल चुकी थी चाँदनी रात
सामने का हरसिंगार झरकर शान्त हो चुका था

एक तारा था बस जो डूबने का नाम नहीं ले रहा था
शताब्दियों से देखता आया था जो इस दुख की पुनरावृत्ति

रात ओस बन टपकती है

कोई नहीं जान सकता क्यों
शुबर्ट इतना प्रिय संगीतकार है मेरा
कोई कैसे जान सकता है
उसका संगीत मुझे बचाने के लिए ही रचा गया था
नहीं तो कितना कठिन था बच पाना
उन बर्फ़ीली रातों में
जब रात आ मेरे दरवाज़े पीटती थी
बिस्तर पर गिर रोती थी

आज भी जब शुबर्ट प्यानो पर बजता है
रात ओस बन टपकती है
हर बार अपने जीवित रहने का अहसास
एक मूक कृतज्ञता में बदलता है

संश्लिष्ट दुख

वैसी ही रात है आज फिर
सुन्दर साँवली अपने बाल खोले
ठंडी हवा जिसमें बहती है
वही स्वप्न झिलमिला रहा है नींद का इंतज़ार करता
जिसमें हमारे हाथ खोजते थे एक दूसरे की आत्मा

वैसी ही रात आज साँवली अनावृत
ठंडी हवा जिसमें बहती है
लेकिन हमारे दुख पहले से ज्यादा संश्लिष्ट हैं अब
और हम उनसे मोहित करुणा से भरे अपने लिए
किस क़दर !

कोई परिभाषा

पैरों में जैसे ताक़त न हो
सिरे से ग़ायब हो जैसे गति
कोई उलझन भरमाये हो मस्तिष्क को
एक अजीब ठहराव महसूस हो रहा था भीतर
न पढ़ने का मन न कुछ करने का
किसी को याद करना भी एक भारी काम लगता था
सराहना किसी सुखद क्षण को मात्र एक छलावा
बस एक ठहराव था सुकूनदेह थामे मुझको

और एक ततैया थी आसपास उड़ती हुई
अपने पीले रंग और डंक के कारण
बेहद प्यारी और रहस्यमय लगती हुई
एक आवाज़ थी भनभनाने की
जो उसके पंखों से उठ रही थी
भर रही थी जो सारे ख़ालीपन को
जैसे कोई परिभाषा अस्तित्व की

दो फूल

किसी झरने के किनारे
हज़ारों वर्ष पुराने पत्थर पर बैठ
हम सुनते एक दूसरे की बातें उन्हें बिना कहे
देखते जल के चपल नृत्य
साथ-साथ बैठते जैसे हो जन्मों का साथ
जैसे सब कुछ आपस में समझ-बूझ लिया गया हो
दो जंगली फूल खिले हों धूप में ज्यों
हवा जिन्हें एक कर रही हो

कई-कई मौसम यूँ ही साथ बैठे रहते
निर्विरोध कल-कल जल पर किये दृष्टि केंद्रित
एकाग्र जैसे पास के ही पेड़ों पर दूसरे पक्षी
बैठे रहते बिना हुए एक दूसरे के प्रेमी
या बंधन में बँधे कुछ और
स्वच्छंद प्रकृति में रहते तब भी एक दूसरे के बहुत प्रिय

कविता का जीवन

मुझसे भी जटिल जीवन जियेंगी मेरी कविताएँ
सोयी रहेंगी कोई सौ साल
कोई उससे भी ज्यादा
जागेंगी खोलेंगी आँखें जब
कई-कई वसंत आ और जा चुके होंगे
जाने कितनी ही बार खिल चुके होंगे रातरानी और गुलाब
कितनी ही बार उपकृत हो चुकी होगी पृथ्वी
उनकी अलौकिक सुगंध से
कितने संबंध बन और बिगड़ चुके होंगे
आ-जा चुके होंगे कितने ही राजा रानी
ध्वस्त हो चुके होंगे उनके राज-पाट

इतने वर्षों बाद भी मेरी कविताएँ अचंभित नहीं होंगी
तब भी उन्हें यह संसार अनुपम ही लगेगा अपनी क्रूरता में
तब भी वे ढूँढ़ेंगी प्रेम और सहिष्णुता ही इस संसार में

कृतज्ञ हूँ मेरी कविता

कृतज्ञ हूँ मेरी कविता
कि जी सकती हूँ अपना सौन्दर्य तुममें
कृतज्ञ हूँ कि तुम मुझे जानती हो जैसी मैं हूँ
अपनी देह और आत्मा में एक जैसी

इतनी नेकदिल हो तुम कि ले आती हो
दूसरों का प्रेम ही मुझ तक
छिपा लेती हो उनकी सारी वितृष्णा
डाल देती हो जाने कहाँ दूसरों की डाह और घृणा
मेरे सामने रहता है सदा तुम्हारा चमकता माथा ही
बार-बार इसलिए चाहती हूँ तुम्हें ही
अपने एकान्त के उल्लास में
कोई चाहे जैसे देह में घुमड़ती अपनी ही वासना

कृतज्ञ हूँ और जाने किस-किस की
शब्दों की
अर्थों और अनुभवों की इस संसार में
लाती हो लेकिन तुम ही अकेली बुहार कर
भाषा में खुद को तिलिस्म-सा
स्पंदित करती यथार्थ को नये सिरे से

मैं जानती होती हूँ तब भी
हम जादू सरीखी ही हैं इस दुनिया में
और यह भी कि ग़ायब भी हो जायेंगी साथ ही एक दिन
सबकी आँखों के सामने से

शायद तब कोई समझ पाये
जादू जैसा ही था सब कुछ
यथार्थ सौन्दर्य और कविता
जिसे संभव करती थी एक स्त्री
और खुद भी संभव होती थी

कहाँ लिये जा रही हो मुझे मेरी कविता

क्या कर दिया है तुमने मेरा हाल मेरी कविता
रह नहीं गयी किसी और काम के लायक़
घूमती रहती हूँ लगातार तुम्हारी खोज में
तुम्हारे ही साथ
पहचानती नहीं अब किसी हॉब्स, लॉक या रूसो को

सुनती रहती हूँ तुम्हारी सरसराती आवाज़
पदचाप तुम्हारे ही दोपहर के खुरदुरे सुनसान में
महसूस करती हूँ असहनीय आलोड़न-सा तुम्हें
किसी अनजान स्रोत से ज्यों आती हो भीतर जल के गिरने की आवाज़
भीगी-भीगी सी रहती हूँ इतनी कि रुला देती है
कोई भी एक करुण पुकार आजकल

कहाँ लिये जा रही हो मुझे
यातना की किन हदों तक
किन पीड़ाओं के पास
दिखता नहीं कुछ भी साफ़
चलती जाती हूँ तुम्हारे साथ
किसी आँधी में ज्यों किये आँखें बन्द
पाँव बस संयोग से ही पड़ते हैं सही जगह
एक सूखे पत्ते-सी खड़खड़ाती तुम्हारे तूफ़ान में
बढ़ती जाती हूँ उस तरफ़
जहाँ से लौटने का रास्ता पता नहीं होगा मुझे

नीरव नहीं रव होगा उधर

एक-एक तार अनुप्राणित नयी लय से
मेरे समझने के लिए कितना होगा सचमुच
अँधेरी गलियों से भरी वैसे भी एक नगर हो तुम
जहाँ भटकना ही भटकना होगा मेरा
उजड़ना ही उजड़ना मेरी कविता
बसना अब कभी नहीं

हज़ार थिगलियों से भरी कोई चादर ओढ़े
रहस्यमय तुम इतनी कि ठीक से देख भी नहीं पाती तुम्हें
बीहड़ से बीहड़तर होता जा रहा है आत्मसंताप
मन उचटता जाता है बाक़ी चीज़ों से
चलती जाती हूँ तुम्हारे ही साथ किसी रात की तरह
जहाँ अंधकार सदा इंतज़ार करता है हम जैसों का

बनती-बिगड़ती इस दुनिया में

कहीं से नहीं आती हवा
नहीं आते संदेश मौसम के
चिड़ियों के दिलों में जैसे संदेह भर गये हैं
निढाल हो चुकी है पृथ्वी के घूमने की उत्तेजना
एक चुप भी नहीं है
जो बैठी हो गंभीर कोई अर्थ छिपाये
बस बेचैनी है नितांत अकेलेपन की
एक असह्य निनाद भीतर
बनती बिगड़ती हुई इस दुनिया में

प्रेम करती बेटियाँ

आज भी बेटियाँ कितना प्रेम करती हैं पिताओं से
वही जो बीच जीवन के उन्हें बेघर करते हैं
धकेलते हैं जो उन्हें निर्धनता के अगम अंधकार में

कितनी अजीब बात है
जिनके सामने झुकी रहती है सबसे ज़्यादा गर्दन
वही उतार लेते हैं सिर

एहसानमंद हूँ पिता

एहसानमंद हूँ पिता
कि पढ़ाया लिखाया मुझे इतना
बना दिया किसी लायक़ कि जी सकूँ निर्भय इस संसार में
झोंका नहीं जीवन की आग में जबरन
बाँधा नहीं किसी की रस्सी से कि उसके पास ताक़त और पैसा था
लड़ने के लिए जाने दिया मुझको
घनघोर बारिश और तूफ़ान में

एहसानमंद हूँ कि इंतज़ार नहीं किया
मेरे जीतने और लौटने का
मसरूफ़ रहे अपने दूसरे कामों में

क्यों होती हो उदास सुमन

क्यों होती हो उदास सुमन
जैसे अब और कुछ नहीं होगा
जैसा आज है कल वैसा नहीं होगा
क्यों डूबती हैं तुम्हारी आँखें कोई तारा रह-रहकर जैसे

देखो हर रात चाँद भी कहाँ निकलता है
जबकि आसमान का है वह सबसे प्यारा
आओ उठो हाथ मुँह धोओ
देखो बाहर कैसी धूप खिली है
हवा में किस तरह डोल रही हैं चम्पा की बेलें

क्यों होती हो उदास कि जो गया वह नहीं लौटेगा
जो गया तो कोई और लौटेगा
ख़ुशी के लौटने के भी हैं कई नये रास्ते
जैसे दुख की होती हैं अपनी अनगिनत सुरंगें

याद रखना नीता

याद रखना नीता
एक कामयाब आदमी समझदारी से चुनता है अपनी स्त्रियाँ
बड़ी आँखों सुन्दर बाँहों लम्बे बालों सुडौल स्तनों वाली प्रेमिकाएँ
चुपचाप घिस जाने वाली सदा घबराई धँसी आँखों वाली मेहनती
कम बोलने वाली पत्नियाँ

कामयाब आदमी यूँ ही नहीं बनता कामयाब
उसे आता है अपने पूर्वजों की तरह चुनना
भेद करना
और इस भेद को एक भेद
बनाये रखना

ख़ून और ख़ामोशी

दस साल की बच्ची को
यह दुनिया कितनी सुघड़ लगती थी
इसमें उगने वाली धूप हरियाली
नीला आकाश कितना मनोहर लगता था
यह तो इसी से पता चलता था कि
खेलते-खेलते वह अचानक गाने लगती थी कोई गीत
हँसने लगती थी भीतर ही भीतर कुछ सोचकर अकेली
बादल उसे डराते नहीं थे
बारिश में वह दिल से .खुश होती थी
मना करने पर भी सड़कों पर कूद-कूद कर नहाती और नाचती थी

दस साल की इस बच्ची के लिए
यह दुनिया संभावनाओं के इंद्रधनुष-सी थी
यही दुनिया उस बच्ची को कैसी अजीब लगी होगी
हजारों संशयों भयानक दर्द से भरी हुई
जिसे उसने महसूस किया होगा मृत्यु की तरह
जब उसे ढकेल दिया होगा किसी पुरुष ने
ख़ून और ख़ामोशी में
सदा के लिए लथपथ

शिल्पी ने कहा

मरने के बाद जागकर शिल्पी ने
अपने बलात्कारियों से कहा
'तुम सबने सिर्फ़ मेरा शरीर नष्ट किया है
मुझे नहीं
मैं जीवित रहूँगी सदा प्रेम करने वालों की यादों में
दुख बनकर
पिता के कलेजे में प्रतिशोध बनकर
बहन के मन में डर की तरह
माँ की आँखों में आँसू होकर
आक्रोश बन कर
लाखों करोड़ों दूसरी लड़कियों के हौसलों में
वैसे भी अब नहीं बच सकता ज़्यादा दिन बलात्कारी
हर जगह रोती कलपती स्त्रियाँ उठा रही हैं अस्त्र

जैसे चल रही है यह दुनिया

वह एक अन्तरंगता है
लगातार अपने भीतर चलती हुई
आत्मालाप की तरह

बाहर का कुछ भी भाता नहीं
इतना कुछ हो चुका है नष्ट
कि उसे अब अन्दर ही एक आग पैदा करनी है
अन्दर-बाहर ऊष्मा ही ऊष्मा
ताप ही ताप बन जीना है

इतना कुछ अनचाहा आने लगा है बाहर से भीतर
रिस कर मन के रंध्रों से
कि इसमें नहीं बची है आत्मालाप की कोई एकाग्रता
न गूँज ख़ालीपन की
ईश्वर की प्रार्थना के लिए भी उपयुक्त नहीं अन्तस्तल अब

वह समझ चुकी है बचने की हर विधा शापित हो चुकी है
उलझ गया है मुक्ति का प्रश्न
भाषा कला कविता बढ़ती जा रही हैं
किसी अनाम विक्षिप्तता की ओर

दुखों के जादू से ही बस चल रही है यह दुनिया

नया अँधेरा

कोई नया अँधेरा है यहाँ इस बार
विचलित करने वाली सघनता है इसमें
सधी हुई इस तरह कि ढँक दिया है इसने
अँधेरे में भी दिख जाने वाली उन ढेर सारी चीज़ों को
जिन्हें जानती थीं हमारी इन्द्रियाँ
बदल दिया है इसने उन तमाम परिचित आवाज़ों को
जिनमें संगीत के अलावा थीं चुम्बनों और मनुहारों की
अस्फुट ध्वनियाँ

इस अँधेरे को पहचानने आया था एक बच्चा
जिसकी नींद में ख़लल पड़ा था
एक स्त्री आयी थी पीले चेहरे वाली लिये हाथ में आईना
एक आदमी उतरा था अपनी साइकिल से इसे देखने
सोचता हुआ कहीं भटक तो नहीं गया वह रास्ता

देश के मानचित्र पर

जिस्म पर इतने ज़ख़्म
मन पर उससे भी ज़्यादा
देश के मानचित्र पर और भी ज़्यादा
एक तरफ ढेर जली लाशों का
एक तरफ टँगा हुआ
पेट चीरकर मारा गया अजन्मा बच्चा

एक तरफ पथरा गयी आँखें कंचों-सी
देखे थे जिन्होंने बलात्कार बहनों बेटियों माशूक़ाओं के
उनके नुँचे स्तन घायल गर्दन कटी-फटी बाँहें
थके ध्वस्त हुए अनगिनत शरीर कराहते लुढ़के
और इस हक़ीक़त के भीतर बचीं वे तमाम औरतें नौजवान बच्चे बूढ़े
यातना शिविरों में खलबल मारे भय के

क़त्ल की रात कल ही गुज़री है

है सुबह की पहली ताज़ी हवा की सुगन्ध
हृदय में अब भी बची
मुस्कान अपने ही उस प्रेम के अहसास में
जिसे भुलाना ज़रूरी हो गया है

दुख बहुत है इस समय में सबके लिए
उम्मीद फिर भी करनी है सुख की
ख़ून के धब्बे दिखते हैं शहर की इमारतों पर
क़त्ल की रात कल ही गुज़री है

मुश्ताक़ मियाँ की दौड़

दौड़ते रहे मुश्ताक मियाँ बेचारे
ढाबा चलाते थे
लाखों लोगों को अब तक खिला चुके थे
गोश्त रोटी तरकारी दाल सलाद
कौन नहीं आता था बैठता था उनकी बेंच पर
पीता था पानी मिटाता था थकान और भूख

उन्हें क्या पता था आज बदल चुके हैं
सारे पते ठिकाने दोस्तों के
सबके दिल पत्थर हो चुके हैं

सब छोड़ भागना पड़ेगा कब सोचा था उन्होंने
और भागने पर नहीं मिलेगा कोई ठिकाना
कि लें साँस ठहर कर
भागने की अब वैसी उम्र भी नहीं थी साठ के बाद
ऊपर से दिल की बीमारी अलग से लगी हुई थी
सिवा गिर जाने के अब कोई
रास्ता न बचा था

सो गिर पड़े मुश्ताक मियाँ
फिर सोचा जिन्हें इतनी प्यास है उनके ख़ून की
वे आवें बीच सड़क पर कर लें दो हिस्से
उनके जिस्म के
लेकिन दंगाइयों की तो कुछ और ही मंशा थी
अब जिस्म को लहूलुहान करना काटना बीच से

नाकाफ़ी था
अब तो उसे जलाकर ख़ाक़ भी कर देना था
अब तक बहुत कुछ जो इसलिए ज़िंदा था
कि वह इंसानियत का हिस्सा था
उसे राख ही होना था

मुश्ताक मियाँ ख़ाक हुए
इंसानियत भी राख हुई
और वह तलवार जिससे वे चीरे गये
अब तक सड़क पर नाच रही है
आग को बुला रही है

जो कोई भी नेक इन्सान कहेगा

उसने कहा बख़्श दो मुझे
तुम तो जानते हो
मैं वही हूँ नसरीन तुम्हारी मुँह बोली बहन
कई बार जो तुम्हारे काम आयी
जब तुम बेहद बीमार थे याद करो
जब घर में और कोई न था तुम्हारे
भागकर मैं ही डॉक्टर के पास गयी थी
पहली बार जब तुम नौकरी के लिए निकले थे
मैंने तुम्हारे लिए दुआ माँगी थी
इधर कई बार तुमने ख़ुद ही मुझसे पूछा था
'कब होने वाला है तुम्हारा बच्चा'

मुझे बख़्श दो
आज भी पहले ही की तरह तुम्हें अपना भाई मानती हूँ
रख दो त्रिशूल डंडे तलवार भाले
अपनी आँखों से नफ़रत पोंछ दो
वह तुम्हारी रूह को गन्दा किये जा रही है

मेरे अलावा कोई और भी है मेरे भीतर
जिसे अभी यह दुनिया देखनी है
वह भी तुमसे यही कह रहा है
जो और कोई भी नेक इन्सान कहेगा
थूक दो नफ़रत गुस्सा
बाहर निकल आओ इस नयी क्रूरता से

नीला दाग़

जैसे उभरा हो डूबा हुआ कोई शहर
पिछली सदी के जलप्लावन से
लिये पुरानी घास का पीताभ हरापन
विस्मित हो जो सारी बर्बादी देखकर
रहस्यमय ढंग से वैसे ही उभरा है तारों का एक झुंड
आसमान के कोने में
देखता पृथ्वी की तरफ उसकी पूरी बदहाली में

जाग गयी हैं स्मृतियों में छूटी सोयी परछाँइयाँ
जिन्हें अब तक याद हैं उनके सुन्दर शरीर
चल पड़ी हैं समझाने जीवन के रहस्य मेरी तरफ़
देने सांत्वना भी शायद
चल पड़ी हैं वातावरण में व्याप्त कई और तरह की शंकाएँ
लादे कितने ही झूठे-सच समाचार
जानकारियाँ ऐसी कि शर्म से झुक जाये सिर

ताक रहा है हादसे के बाद का शहर कुछ इस तरह
जैसे मुझे ही करना है कुछ स्पष्ट
कि क्यों बाक़ी है अब तक दहशत
क्यों हैं औरतें किये आँखें बन्द जैसे वे मृत हों
चिपके हैं जिनसे अब तक उनके बच्चे चमगादड़ों की तरह

रात हो चुकी है हवा चलती है
तारे चमकते हैं पहले जैसे ही
बस नींद में उभरता है रह-रहकर
किसी की पीठ का नीला दाग़

वहाँ सब कुछ ठीक था

वहाँ सब कुछ ठीक था
वहाँ ग़रीबी या भूख नहीं थी
हवा थी और पुलकित करती एक उत्तेजना जीवन की
इतनी विषम परिभाषा है दुख की
कि उसे समझना भी एक दुख है
इसे वहाँ समझना या समझाना
किसी के लिए सम्भव नहीं था
वहाँ बस एक उड़ती-पड़ती समझ थी चीज़ों की
जो सभ्य बनाए हुए थी हर दृश्य को

मद्धिम रोशनी ज्यों उपस्थित हो
चमकते प्रकाश की जगह
ढँके वास्तविक कुरूपता को
खोया-खोया आधा ढँके हुए था
उस दुनिया के बिखर जाने का भय भी ख़ुद को
बहुत सारी और बातों की तरह वह भी लेकिन
मूर्त न था वहाँ उस पल

एक स्वाभाविक सुन्दर अर्थ के धुँधलके में
थे वहाँ लोग ऐसे ही सुखी भयभीत
देश प्रेम समाज और स्त्री पर विमर्श चलाते

विषय थे उनके प्रिय लेकिन उन पर ठोस चर्चा
मद्धिम रोशनी के नशे को भंग करने जैसा था
और कोई वहाँ ऐसा करना नहीं चाहता था

सभी एक वर्णनातीत पूर्णता से भरे
पृथ्वी और आकाश के विस्तार में
अपनी प्रगाढ़ता पर मुग्ध थे

मैं भी कैसे घसीट कर ला सकती थी उन्हें
उनकी दुनिया से बाहर
बिना पैदा किये उनके लिए ढेर सारी पीड़ा
और अपने प्रति अपार घृणा

एक लहर उम्मीद की

एक लहर की तरह आयी उम्मीद
सुझा गयी ढेर सारे काम
दे गयी उतनी ही मुश्किलें और यह विश्वास
कि मैं कर सकती हूँ सब कुछ संभव
लिख सकती हूँ सच की विनती प्रार्थना पत्र उसका
'झूठ के लिए जगह बनायें
जीवन और भाषा में'

मैं हैरान और निराश हुई
क्यों डालते हैं मुझे ऐसे पचड़ों में सब
क्यों नहीं नींद का इंतज़ार करती हुई
मैं भी देख सकती सपने जिनमें फूल और
मुस्कुराहटें हो दुनिया-भर की

झटक कर मैंने दूर हटाया उस लहर को
जो फँसा रही थी मुझे बेकार इन झंझटों में
लेकिन फिर एक शोर उठने लगा कहीं भीतर से
डरावने उसके रंग में झुलसती-सी दिखने लगी
वह उम्मीद जो प्यार से आयी थी मेरे पास

बदन जैसे मेरा भी जलने लगा
रुखड़े कई विचार जबरन मेरी आँखें खोलने लगे
बन्द हो गयी थीं जो पलभर पहले डर से

फटी-फटी आँखें लिए बैठी हूँ
आने वाली है फिर उम्मीद की कोई लहर
उलझाने मुझे

जैसे सौन्दर्य में स्वायत्त स्त्रियाँ

चमक भी कई तरह की होती है
एक आँखों की
मन की एक
आत्मा की एक चमक होती है
जैसी होती है देह की एक
ठीक उसी तरह जैसे भूख भी होती है कई तरह की
एक मन की
शरीर की एक
एक ज्ञान की भी

जो जान लेते हैं चमक और भूख के सारे प्रकार
वे चलते हैं जीवन में अपने पाँव
वे चुनते नहीं दूसरों का रास्ता
दूर तक अपने ही पाँव थकाते पहुँचते हैं
मीठे जल वाले झरने के पास
जीते हैं वही जीवन की विरल अनंतता
निर्भय मृत्यु साथ लिए चले जाते हैं वे कहीं भी
आत्मनिर्भर नहीं माँगते वे दूसरों से दया
न खोते हैं सर्वस्व अपना छोटे-मोटे प्राप्यों के लिए

वे खुश वैसी स्त्रियों की तरह होते हैं
जो स्वायत्त होती हैं अपने सौंदर्य में

जब लिख नहीं पाती

लिखना जब हो नहीं पाता
आँखें बन्द कर समझने लगती हूँ
लिखने से कितना बदलता है अपना यह मटमैला संसार
कितनी सुबहें होती हैं उससे चटकीली ताज़ा नयी
कितनी रातें आरामदेह नींदों से भर जाती हुई
कितने बच्चों में भरती है सचमुच की हँसी
औरतें कितनी हो पाती हैं निश्चिंत सुखी

लिखने से क्या हुआ आख़िर उस बदरंग उदासी का
मिलकर बाक़ी रंगों के साथ
रहती है जो हर रंग में उसकी एक रंगत की तरह
लिखने से जीत रहा है कौन
कौन हारता ही जा रहा
सोचती हूँ और डरने लगती हूँ
कोई तो नहीं बन पाया वैसा जैसा उसे होना चाहिए

लेकिन जब लिखना बन्द करती हूँ
बिंधने लगती हूँ दूसरी बेचैनियों से
तार-तार होने लगती हूँ नहीं लिखी जा रही
उदासियों के प्रहार से
सुनकर वैसी आवाज़ों को जिन्हें शब्दों में बदलना है

अपनी भाषा के लिए

जीवित रहना अपनी भाषा में
जागना अपने सपनों की हल्की रोशनी में
चलना अपने लोगों के साथ इतिहास की धूलभरी गलियों में
यह सब कुछ जब धीरे-धीरे अर्थहीन होने लगता है
तब समय प्रेत बन अदृश्य हो जाता है हमारे लिए
और हम उसी की तरह
भटकते हैं दूसरों के घरों शहरों में
लटकते हैं पेड़ से उलटे तड़पते हैं
प्यास और तपिश से
अपनी भाषा के लिए
अपने इतिहास के लिए

श्रम से कमाये शब्द

हमारे शब्द
श्रम से कमाये गये
यूँ न किये जायेंगे खर्च
क्रूरता और चालाकी के खेल जारी रखने के लिए

शब्द हमारे मौन के साक्षी
यूँ न होंगे उपयुक्त
कि करें वे नष्ट दूसरों के एकांत और निजता

वे लाये जायेंगे कविता में उन्हीं रास्तों
क्षत-विक्षत होना पड़े चाहे उन्हें जितना
जिधर चला रहे हैं ताक़तवर नये-नये युद्ध

एक विश्वास था

एक विश्वास था
कि कुछ भी हो जाये
चाहे सारा का सारा प्रेम ही क्यों न समाप्त हो जाये
हम बचे रहेंगे प्रकृति में उसकी ऊर्जा बन
चलायेंगे इस विश्व को अपनी तार्किक क्षमता से

विश्वास था कि इस पूरी कायनात में
कोई एक दूसरे से अलग नहीं
सब जुड़े हैं एक दूसरे से अपने-अपने ढंग से
वनस्पतियों जीव-जंतुओं से
ख़ुद से और उनसे
जो प्यार करते हैं हर ख़ूबसूरत चीज़ से

एक विश्वास था कि जीवन कभी समाप्त नहीं होने वाला प्रपात है
और हम मृत नहीं
जीवित हैं विश्व में उसके स्पंदन-सरीखे
जिससे पृथ्वी चलती है
फूल खिलते हैं
मौसम बदलते हैं

परन्तु अब क्या जब हम तुम ही विश्वास नहीं करते इसका
जब कुछ भी बाक़ी नहीं सौहार्द जैसा
अब तो सिर्फ़ नियति है मूर्छा पैदा करती
कसती अपने फंदे हमारे गले में

मैं छोड़े जा रही हूँ यह ज़िद

मैं छोड़े जा रही हूँ यह ज़िद
लिये जा रही हूँ समाप्त हो चली आस्था
कि रात-दिन सुबह-शाम के अँधेरे उजाले में
बची है अब भी कोई आभा जो मेरी हो सकती है
कि जंगल जो छुटकारा दिलाता था दुःस्वप्नों से
वहाँ अब भी बचा है पेड़ों का साम्राज्य जीवित पत्ते-पत्ते में
बैठकर जिसमें सोचा जा सकता है आगे का रास्ता

मैं छोड़े जा रही हूँ यह ज़िद
कि यह दुनिया मेरी है दाग़ों से भरी सही
कि इसमें मेरे भी कुछ सपने हैं मेरे लिए दुख से भरे
मैं छोड़े जा रही हूँ एक मात्र उम्मीद
जिससे सोचती थी बची रह जाती हैं कई चीज़ें गुपचुप
जैसे अनगिनत अत्याचारों के बावजूद
बची रहती है हमारी भीतरी एक दुनिया
होती जाती रहती है नष्ट चाहे जितनी बाहरी दूसरी

सिर्फ़ गिरना है जहाँ

मैं गिर रही थी अन्धकार के अथाह तल में
ऐसा तल जो स्वयं अतल था
मैं गिर रही थी उसमें जिसमें सिर्फ़ गिरना होता है
और गिरते जाना
वहाँ बचने के लिए कोई संबल नहीं होता
उड़ने के लिए नहीं मिलते पंख
चढ़ने या निकलने के लिए बाहर नहीं होती उपलब्ध
कोई सीढ़ी

मैं गिर रही थी और बिखर रही थी
बासी गुलाब की सूखी पंखुड़ियों की तरह
मेरे न होने का होना था वहाँ
होने की लिप्सा बस एक टीस भर थी

अंधकार अथाह था
और मेरे बचाव में वहाँ कुछ नहीं था
किसी का प्रेम या दया किसी की
बस गिरना था गिरने का अहसास भी नहीं

कोई सच नहीं बोलता अब

कोई किसी से सच नहीं बोलता अब
कोई किसी पर रहम नहीं करता
कोई किसी का होना नहीं चाहता
हवा भी बहती है मानो अपने लिए
आसमान बटोर चुका है खुद को अपने ही विस्तार में
प्रेम भय उपजाने लगा है
दया संशय
बस अपने को रचते हैं सब
उद्विग्न होते हैं अपने ही शब्दों के जताये ख़तरों से
चिन्तित होते हैं आत्मालाप के परिष्कार को लेकर ही

हर तरफ नींद में सपनों की जगह
भर रही है और नींद
चिड़ियों की जगह
मिलते हैं उनके पंख

सारा आकाश एक बन्द किवाड़ है

सारे मार्ग अवरुद्ध हैं
सारा आकाश एक बन्द किवाड़ है
सारी हवा सीने में भर गयी है
शान्त हो चुके तूफ़ान के बाद
एक हल्की लौ भर रह गयी है सारी आग

जाने कहाँ गयीं वे राहें जो मेरी थीं
वह आकाश जो सबका था
वह हवा जिसमें तैरती थीं चिड़ियाँ
दबाये चोंच में सपने
सारे सवाल-जवाब कुन्द हो गये हैं
और शब्द ढन-ढन ख़ाली

वह मिज़ाज जिससे बनती बिगड़ती थी दुनिया
धूल हो चुका है
मौसम यूँ ही आते जाते हैं अब
बेमतलब ही खेलती फुदकती हैं गिलहरियाँ
अपने को जानना पहचानना नहीं रह गयी
बौद्धिक विवशता किसी की
सारे मार्ग अवरुद्ध हैं
सारा आकाश एक बन्द किवाड़ है

ग्लानि

बचने के लिए हम बच सकते थे दुख से
काली रात से
अकेलेपन से बच सकते थे
पीड़ा और भय से
निकल सकते थे यातनाओं के बिल्कुल बाहर
लौट सकते थे अपने भीतर
चल सकते थे मीलों बेहद थकान के बावजूद
तड़प सकते थे मामूली से मामूली भूलों पर
रो सकते थे छुपकर अपनों के लिए
लेकिन नहीं बच सकते थे उस ग्लानि से
जो उपजी थी कहीं भीतर ख़ुद को दग़ा देने से
सच को हत कर मुक्ति की हर संभावना को झुठलाने से
जानते हुये कि क्षत-विक्षत सच ही लाया था उसे
झूठ से जीतकर

सच कहीं चला गया

सब कहते हैं सच कहीं चला गया
अब तो झूठ ही बचा है
वही ले जा सकता है दूर तक
यह सच का ही आग्रह है–
सौंप दें हम ख़ुद को अँधेरों को
बचने बचाने के लिए कुछ भी नहीं बचा अब
जंगल और आत्मा दोनों ही ख़ाली हो चुके हैं
मुक्ति अब मात्र एक संदिग्ध शब्द भर है
ताक़त है असली मुद्दा

लेकिन सच कहाँ जा सकता है
अवश्य होगा वह यहीं कहीं टहलता
पीली पड़ी हमारी आत्मा की क्षीण छाँह में
ठिठका सोचता–
'कहाँ से शुरू हो कहाँ पहुँच जाता है कोई रास्ता'

दारुण अन्त

नहीं आती रोशनी वहाँ
जहाँ जीने लगता है अंधकार
हम सब का जीवन

नही ठहरती क्षमा
पलटकर चल देती है निष्ठुरता की ओर
क्रूरता ही बन जाये जहाँ जीवन का पर्याय
नहीं होगी करुणा
लिये जा रहा है अदृश्य संस्कार हमें जहाँ
रुदन में मिश्रित पश्चाताप ही होगा
और दारुण अन्त उस सपने का
जो है हमारा देश

जहाँ मेरा देश था

कुछ दिनों पहले जहाँ एक राह थी
अब वहाँ एक दीवार है
थीं जहाँ हमारी इच्छायें वहाँ लालच है सिर्फ़
कामना थी जहाँ लहराती वासना है
जहाँ ख़ुशी थी दुख की गझिन छाया है
जहाँ सारा साहस था वहाँ गज़ब की लाचारी है
जहाँ मेरा देश था अब वहाँ एक बाज़ार है

वहाँ उस पेड़ पर बैठा पखेरू जैसा दिखता है जो
वह असल में कुछ और है
रंगीन आँखों वाली मछली जल में तैरती
दरअसल युद्ध में काम आने वाला एक मारक यंत्र है
पड़ोस में रहने वाले सामान्य से दिखते लोग
ख़तरनाक गुप्तचर हैं हमारा नाम-पता बटोरते
दफ़्तर में कोने में बैठने वाला क्लर्क
करता है आजकल अपनी हैसियत से बड़ा काम
वह दर्ज कर रहा है मारे जाने वालों के नाम
मेरा प्रतिनिधित्व करती दिखती सरकार मेरी नहीं
मेरा देश हथिया चुका है कोई और देश

हद है जो कुछ जैसा दिखता है वह वैसा नहीं अब
जहाँ जो कुछ था वहाँ नहीं अब

अन्त

कर्नाटक के एक अँधेरे गाँव में
जीवन का खेल समाप्त करने की तैयारी
कर रहा है एक किसान परिवार

जमीन पर चटाई डाली जा रही है
कटोरे में ज़हर घोला जा रहा है

बच्चों को एक तरफ़ बैठा कर
निहारती है उन्हें एक बार उनकी माँ
देखती है अपना संसार अन्तिम बार
बाँधती है नये सिरे से साड़ी ठीक करती है पल्लू
सामने ही बैठा है शान्त हो चुके तूफ़ान की तरह किसान

सब देखते हैं एक दूसरे को सूनी आँखों से
फिर एक रुलाई फूटती है किसान के गले से
दफ़न होती है जो तुरंत वहीं
एक ख़ालीपन देखता है उनकी तरफ़
वे भी देखते हैं उसको
किसी में किसी के लिए ख़ौफ़ नहीं

एक शान्ति छा जाती है फिर हर तरफ़
सिर्फ़ देह तड़पती है कुछ देर तक

समय का चेहरा

अचानक जैसे प्रकट होते हैं अपने ही भय कभी-कभी
साफ़ जब दिखता नहीं कुछ भी उस पल
वैसे ही दिखा अलस्सुबह आने वाले समय का चेहरा मुझे
थे उस पर जाने कैसे-कैसे डरावने दाग़
गहरी खाइयों-सी दरारें
अस्त-व्यस्त बाल
और आँखें लगभग स्थिर पथरीली
सुन्दर प्लास्टिक के बटन सी थी
नक़ली हिलती हुई नाक
होंठ निश्चल हल्के नीले
शब्द फँसे उनमें जैसे कभी उच्चरित नहीं किये गये
माथे पर लिखा था 'कुछ स्पष्ट नहीं अपना रास्ता स्वयं चुनें'

पलभर में सब कुछ फिर अदृश्य हो गया
जैसे वहाँ कभी कुछ था ही नहीं
सिर्फ काला जल एक गड्ढे में जमा पास में दिखा
मेरा ही चेहरा जिसमें कम डरावना न दिखता था
लिए न कम गहरी खाइयाँ
आँखें मिलती-जुलती कितनी होंठ भी हल्के नीले
नाक असली मगर बनावटी से कितनी मिलती जुलती
शब्द वहाँ भी गूँगे किसी छटपटाहट से भरे
मेरे माथे पर भी लिखा था एक मटमैला संदेश
'कुछ भी साफ़ नहीं अपना रास्ता खुद बनायें'

समय के चेहरे से मिलता जुलता हो सकता है
कितना हमारा चेहरा मैंने सोचा
और पल भर के लिए काँप सी गयी

एक रास्ता

अंधकार का रंग लगने लगा था
जैसे हो समुद्र में तैरती मछलियों का अन्तस
पास के जंगल से आती चिड़ियों की आवाज़ें
कोई कलरव नहीं
कमज़ोर जीवों की हों जैसे चीत्कारें
दबी हों जो तबाह हो गये इस जंगल के बचे-खुचे पेड़ों के कोटरों में
और मुझे चलना था बीचों-बीच इनके

मुझे मालूम था
मेरे भीतर ही उतरेगा समुद्र का सारा खारा जल आख़िर
दबे छुपे जीवों की चीत्कारें मुझमें ही आकर ठहरेंगी
और मैं यह समझने के लिए विवश होऊँगी
क्यों कोई मछली समुद्र के तल में भी
विश्राम नहीं करती
पल-पल बदलती है अपनी दिशा
भाँप लेती है वह कैसे दूसरे जीवों की मारक मंशा
बदल लेती है अपने रंग आकार
मिल जाती है बगल के पत्थरों में
बन उनकी तरह मटमैली बदरंग
प्रच्छन्न इस तरह निकालती है अपने लिए कोई रास्ता

जहाँ सोच रही है धूप

ख़ौफ़नाक हैं आवाज़ें
जो फैल रही हैं वातावरण में
आने वाले कठिन दिनों की शुरुआत हैं वे शायद
जब लगभग सभी पक्षी बाहर हैं खुले में
और मधुमक्खियाँ व्यस्त छत्ता बुनती पुराने घर के कमरे में
दोपहर की कड़ी धूप में शुरुआत होती है अनायास
विचारों में संघर्ष की

यह दोपहर है इक्कीसवीं सदी की
किसी शान्त तालाब के किनारे
जहाँ बाईसवीं सदी पर सोच रही है धूप

दर्शन का रंग

अप्रिय किसी घटना की तरह
आये थे वे सारे विचार जो कहते थे
समाप्त हुआ तुम्हारा दीप्त रास्ता यहाँ
आगे अँधेरा है
पथरीले तपते मैदान हैं
कोहरे में डूबे एक दो मकान हैं
और अनगिनत रास्ते खोते जाते हुए
इन्हें ही बनाना है तुम्हें अब
अपने संसार की सच्चाई

मुझे भी मालूम था
कि यह संसार ही वह मैदान है
जहाँ खेलते हैं प्रकाश और अंधकार अपने क्रूरतम खेल
कि अँधेरा भी एक रंग है दर्शन का

सुन्दर बातें

जब हम मिले थे
वह समय भी अजीब था
शहर में दंगा था
कोई कहीं आ-जा नहीं सकता था
एक दूसरे को वर्षों से जानने वाले लोग
एक दूसरे को अब नहीं पहचान रहे थे
हम एक दूसरे को पहले नहीं जानते थे
लेकिन इस पल हम एक-दूसरे ही को जान रहे थे
तभी तो उसने मेरे बालों को पीछे समेटकर
गुलाबी रिबन से बाँधा था
और कहा था–
दंगा यूँ ही चलता नहीं रह सकता
किसी न किसी को यह बात ज़रूर सूझेगी एक दिन
कितनी सुन्दर चीज़ें पाने को पड़ी हैं इस दुनिया में
कितनी सुन्दर बातें कहने को अब भी बाक़ी हैं

मध्य रात्रि में

मध्य रात्रि में एक काला गुलाब खिला

चाँद खिसका अपनी जगह से दूसरी तरफ़ ज़रा

जंगल में किसी जीव ने ली एक गहरी साँस

स्वप्न में कोई हिरण दौड़ा अकेला
जंगल के पार

अजीब इंतज़ार

कितना कुछ अब भी बचा है उसमें
मृत्यु के लिए
कितना अपमान कितनी उदासी
कितने शब्द क्रोध में पनपे

कितना कुछ समाप्त कर गयीं ख़ुशियाँ
अपने स्वागत में
जीवन का सारा मोह ही जैसे रिस गया
स्वाभिमान में ऐंठी इच्छा निराशा में डूबी आख़िर

न प्यार न ख़ुशी
उसने इंतज़ार किया
बस इंतज़ार
अजीब इंतज़ार
आह ! मगर किसका

प्रेम

एक गूँज जो चली गयी थी
मन के सुनसान कोने से निकलकर बाहर
लौट आयी है
हवा में काँप रही है वह दोपहर की गर्मी बनकर
मन का वह इलाक़ा जो लगभग बंजर हो चला था
पट गया है सूरजमुखी के फूलों से
भ्रम जो तैरता रहता था जाले की तरह आँखों में
सच के अनगिनत रूपों में ढल गया है

वह गूँज जो चली गयी थी अस्त व्यस्त कर सबकुछ
अनगिनत रंगों संग लौटी है
पूरा-पूरा दिन संगीत-सा बजता रहता है आजकल
बेजान दोपहरें भरी रहती हैं तितलियों के रंगों से
मधुमक्खियों के पंखों से उपजती धुनों से

प्रकृति भी किस सहजता से शामिल है इस सबमें क्या बताऊँ
कोई लाल चोंच वाली चिड़ियाँ ज्यों मग्न
जंगली फूलों से रस पीती हुई
अनगिनत चींटे-चींटियाँ ततैए नृत्य करते हुए
केले के फूलों पर जैसे

बदली-बदली यह दुनिया

जब भी करती हूँ आँखें बन्द
दुनिया अलग ढंग से काम करती हुई दिखती है
झूठ फ़रेब चालाकी नहीं दिखते यहाँ
कोई किसी के काम में दख़ल देता नहीं दिखता
एक तितली जिस फूल पर बैठती है
उस पर बैठने के लिए दूसरी उससे नहीं झगड़ती
पास के ही दूसरे फूल पर जा बैठती है
इंतज़ार करती है अपनी बारी का

कोई मधुमक्खी केले के फूलों से जब चिपटती है
दूसरी उसे धक्का मारने नहीं आती
बगल के फूल में वह घुस जाती है गुनगुनाती हुई
कोई भौंरा प्रताड़ित नहीं करता दूसरे साथी को
प्रेम ज़्यादा उमड़ता है जब
वह चक्कर लगाता रहता है
तितली के पंखों पर जब तक स्वीकार न उभरे

मन की ऐसी असंगता में
क्यों सुनायी पड़ता रहता है इतना संगीत आजकल
दिखती है क्यों बदली-बदली इतनी यह दुनिया
बाहर का संसार जबकि पड़ा रहता है निश्चल

नृत्यमग्न छाया

नृत्यमग्न छाया थी वह स्वयं पर मुग्ध
दुहरी होती करती खुद को आलिंगित
पल-पल बदलती अपने रंग-आकार
वही छाया जिसका पीछा करती हुई
मैं इतनी बड़ी हुई थी
समझाती रही थी जो मुझको
छोड़ो उसे जो हो गया रूढ़
बढ़ो आगे देखो हैं कितने नये दृश्य
सत्य के दूसरे प्रासाद

आकाश को ही देखो नहीं रहता जो सदा एक-सा
बदलते रहते हैं इसके रंग
ठहरते नहीं बादल भी एक जगह
आँसू हमारे दुखों के बेशकीमती मोती
नहीं रुकते गालों पर देर तक
ढलक आते हैं मिल जाते हैं हवा में
गुम हो जाते हैं अनाम दिशाओं में

नृत्यमग्न छाया ही थीं भविष्य की वे स्त्रियाँ
दिखती हैं करती हुई जो अब मुश्किल से मुश्किल काम

नयी हवाओं का संगीत

वह एक औरत है
उसके पास अपनी एक फूटी कौड़ी भी नहीं
उसकी पीठ पर सदियों के नीले दाग़ हैं
मन में मगर नयी हवाओं का संगीत

एक दिन वह सैर पर निकली

एक समय बाद जैसे पेड़ गिरा देते हों अपने पत्ते
साँप अपनी केंचुल
मन गिरा देता है अपनी ही एक स्थिति
आत्मा दुख
सहज ही वैसे गिरा दिया उसने
एक स्पर्श शरीर से
नया-नया सा फिर सब कुछ हो गया
कहीं कोई ग्लानि या क्षोभ नहीं उपजा

एक दिन फिर उसने सुखाये अपने लम्बे बाल
धूप में देर तक
एक दिन वह सैर पर निकली
सरसों के पीले खेतों से होती हुई
वह गयी पुराने तालाब तक
लौटकर गाती रही अपने पसन्दीदा गीत घंटों
बरामदे में अकेली बैठकर
एक दिन वह पढ़ती रही महादेवी को
एक दिन माँ से मिलने गयी
मिली उन तमाम लोगों से
मिलने की जिनसे अब तक फ़ुरसत नहीं मिली

एक दिन वह रात देर से लौटी
देखकर कोई लेट शो खाकर बाहर ही खाना
बनायी अपने लिए एक कप दार्जिलिंग चाय

सुनती रही सुबह तक
कुंदनलाल सहगल और मलका पुखराज को

बहुत दिनों बाद एक शरीर सुखी था
था मन को भी इसका आभास

कोहरा, नदी और नाव

पहले एक नदी थी जहाँ अभी कोहरा था
अनगिनत अश्रुबूँदों की तरह ठहरा हुआ
एक नाव जहाँ अब भी हिल रही थी अपनी ही परछाईं-सी
एक बड़ी चिड़िया जिस पर बैठी थी काठ जैसी
एक आदमी जहाँ अपना सामान बाँधे खड़ा था
कहीं जाने के लिए
एक औरत के रोने की हल्की-हल्की आवाज़
हवा में अब भी बची थी

तभी अचानक कोई तेज़ हवा आयी
चली गयी पोंछती हुई पूरे दृश्य को
आत्मा की अमर छाया-सी हिलती हुई नाव भी नहीं बची

वर्षों फिर कोई हवा इधर नहीं आयी
कोई कहीं जाने के लिए नहीं आया
किसी औरत के रोने की आवाज़ नहीं उभरी कहीं से
बस सूखी हुई घास इधर आयी हरियाली की खोज में
उसे मैंने अपने मन में बिछा लिया सोचकर
एक दिन आयेगी नदी भी इधर
खोजती हुई पानी
कोहरे में जिसके हिलती हुई एक नाव होगी
लादकर अपना सामान तब
मैं भी निकलूँगी एक यात्रा पर
जिसमें सिर्फ़ हवा मेरे साथ होगी

सच अभी ऐसा दिख रहा था

सच अभी एक पत्ते जैसा दिख रहा था
सहस्र शिराओं लाखों रंध्रों वाला
ओस की बूँदें जिस पर पड़ी थीं
एक लाल कीड़ा जिस पर अपनी यात्रा
शुरू कर चुका था

●●●